銀色の鈴

Tan OnuMa

小沼丹

P+D BOOKS
小学館

目次

小径

昔、逗子の山のなかに伯母が住んでゐて、ときどき遊びに行つた。横須賀行の電車に乗つて行くと、大船辺りで大抵空いてしまふ。まだ小学生の頃だつたと思ふが、気が附いたら明るい陽射の流れ込む車内に僕一人しかゐない。何となく好い気分になつて見廻すと、近くの座席の窓の所に眼鏡が一つ置き忘れてあるのが眼に附いた。それを取つて来て、車掌が来たら渡さうと思つてゐる裡《うち》に、横浜かどこかで降りた一人の人物を想ひ出した。眼鏡を掛け髭を生やした肥つた人物が、眼を瞑り腕組をしてふんぞり返つてゐた。

一体、どんな心境になるものかしらん？

その真似をすることにして、持つて来た眼鏡を鼻に載せ、眼を瞑つて腕組をしてゐたら、

――もしもし。

と肩を叩かれた。吃驚《びつくり》して眼を開くと通路に車掌が立つてゐて、笑ひながら、どちら迄？

と訊いた。眼を開けた拍子に眼鏡は鼻の下迄ずり落ちて、たいへん恥しい。急いで眼鏡を取つ

て、逗子迄、と答へると車掌は点頭いて行つてしまつた。眼鏡に就いては何も訊かない。此方も改めて呼び留めて、眼鏡を渡す気にはなれない。もとの場所に戻して来て吻とした。二度と腕組をする気にはならない。

伯母の家に行つて、眼鏡を忘れた人がゐたと話したら、伯母はその持主は嘸困つてゐるだらう、と悲しさうな顔をした。別に悲しがつてゐる訳では無いが、何だかさう見えた。想ひ出してみると、伯母の笑顔も寂しい笑顔だつた気がする。

伯母の家は町から一里ばかり引込んだ山のなかにあつた。山に囲まれた水田や畑のなかを、自動車がやつと通れるぐらゐの田舎路が通つてゐる。その路を右手の山の方に折れて、高い赤土の崖の下のひんやりした小径を少し上つて行くと、左手に木肌葺の門があつた。その門のなかの玄関先に銅鑼を吊して、伯母は女中と二人ひつそり住んでゐた。訪ねる人も滅多に無かつたらしいから、遊びに行くとたいへん歓んだ。銅鑼を威勢良く鳴らすと、女中と一緒に伯母も玄関に出て来て、

――もうそろそろ見える頃だと思つてゐましたよ。

と、云つたりした。

伯母は僕を歓迎して呉れた訳だが、それには順序があつて、先づ女中に町の肉屋に電話を掛けさせる。それから、白いエプロンを掛けて椎茸を採りに行かうと云ふ。大体、そんな順序だ

つたと思ふ。

伯母の家の背後は、庭の先が低い山になつてゐて、山に一本大きな辛夷《こぶし》の木があつた。その白い花を、伯母は縁に坐つて見物すると聞いたことがあるが、僕は別に坐つて見たことは無い。右手は四目垣の先に高い赤土の崖が続いてゐて、崖からは夥しい木の根が垂下つてゐた。この崖下の小径を辿つて行くと、崖が次第に低くなつた先に深い竹林があつて、そのなかで椎茸を栽培してゐた。

湿つた落葉を踏んで行くと、竹を疎らに伐り残した空地がある。その空地に短い丸太を二本交叉させた支柱が幾つか立ててあつて、長い丸太が渡してあつた。それに長さ一米《メートル》ばかりに切つた木が両側から交互に立掛けてある。木は太いのもあれば細いのもある。直径十糎《センチ》から二十糎ぐらゐだつたと思ふ。その木に、椎茸がどつさり出てゐたのである。

一度、椎茸を採りに行つたら山番の爺さんがゐて、いろいろ話をして呉れたが大抵忘れてしまつた。椎茸だから、立掛けるのも椎の木だらうと思つてゐたら、栗、椚《くぬぎ》、櫟なども使ふと聞いて不思議に思つた記憶がある。それから、その木を伐るにも時期があるとか、伐つた木をどうするとか聞いたが憶えてゐない。

――伯母さんは、何遍聞いても忘れてしまふのよ。

と伯母が云つたら、山番の爺さんは苦笑してゐたが、伯母は椎茸を採ればいいので、それ以上のことは知らうとも思はなかつたのだらう。

椎茸を採ると云つても、木に附いてゐる奴の根元を小刀で切つて、持つて来た笊《ざる》に入れるだけで何の変哲も無い。しかし、しいんとした山のなかで椎茸を採つてゐると、ときをり、鶯が啼いたりして悪くなかつた。

或るとき、何かの拍子で伯母は笊を引繰り返して、椎茸が辺りに散らばつた。伯母が蹲踞《しゃが》んで拾ふのを手伝つてゐたら、伯母の頭の天辺の地肌が丸く透けて見えるのを発見した。明るい陽射が落ちてゐたから気が附いたのか、そのとき偶偶《たまたま》髢《かもじ》の如きものを入れるのを忘れてゐたのか、その辺の所は判らない。

——伯母さん、禿があるの？

不思議に思つてさう訊くと、

——厭ですよ、そんなこと大きな声で云つちや……。

と、伯母は立上つて、手の甲で頭を軽く押へる恰好をした。それから、日本髪を長いこと結つてゐると頭の天辺が禿げるのだと教へて呉れた。さう云へば、伯母の昔の写真を見ると、大抵日本髪を結つてゐたと思ふ。或は、伯父の好みだつたのかもしれない。椎茸の栽培も伯父の案だつたさうで、

——伯父さんが愉しみにしてらしたんだけれど……。

椎茸を採りながら、伯母はよくそんなことを云つた。

何でも伯父はこの山のなかに隠居所を造り、のんびり余生を過さうと考へてゐたらしい。こ

の辺一帯の山を買つて、小さな家を建てた。小さな会社を持つてゐたから、それぐらゐのことは出来たのである。その会社の仕事を養子に譲つて、隠居所に落着いたと思つたら一年ばかりして病気になつて、病院の車で東京に運ばれて間も無く死んだ。

伯母の話だと、椎茸ばかりでなく他にもいろいろ愉しみにしてゐたことがあつたらしい。例へば山で炭を焼かせて、それを隠居所で使ふのを愉しみにしてゐて、茶の間には囲炉裏も切つてあつた。伯父は死んでしまつて、しかし、炭は焼けて来るから、囲炉裏の鉄瓶はいつも白い湯気を立上らせてゐる。それから、庭に焼物の窯を築く心算《つもり》だつたとも聞いた。伯父としたら、いろいろ心残りのことが多かつたかもしれない。

いつだつたか、大分后《あと》になつて、伯父の机の前に坐つてみたことがあつた。大学生になつた頃だつたかもしれない。座敷の床の間の傍に、伯父の使つた机と座布団が生前その儘に置いてあつた。机の上には硯箱と数冊の本が載せてあつた。

机の前に坐つて本を見たら、唐詩選と、それから何とか云ふ日本の漢詩人の詩集であつた。唐詩選を開いて見ると、あちこち、朱で丸や点が附けてある。そのなかに二つ折にした紙が二、三枚挟んであつたから開いて見ると、伯父の作つた七言絶句が幾つか書附けてあつた。「山間独居」とどこかで聞いたやうな題の詩があつたが、内容は憶えてゐない。出来映の方は、果してどんなものだつたかしらん？

——伯父さんは漢詩を作つたんですね。

と伯母に云つたら、伯母はちよつと首を傾げて、
——さあ、何だか知らないけれど、よくお机に向つて勉強なさつてゐましたよ。
と云つた。或はこれも、心残りの一つであつたかもしれない。

伯母の所には古い蓄音器があつて、古ぼけた布張のレコオド・ケエスにレコオドが一杯詰つてゐた。伯母は僕が退屈すると思ふのか、レコオドでもお掛けなさいな、と云ふことがあつた。或は、鎌倉とか金沢八景に連れて行つて呉れた。しかし、僕自身は近在の山をあちこち歩き廻つて、一向に退屈しなかつた。低い山が幾重にも続いてゐるから、未知の場所は無数にあつた。山には栗鼠《りす》や兎や狸がゐると聞いてゐたから、それを捕へようと思つてゐたのかもしれない。尤も、栗鼠は何度も見掛けたが、兎や狸は見たことも無い。

一体、伯母はどう云ふ心算で、レコオドでも掛けたらと云つたのか判らない。そのレコオドは殆ど長唄とかそれに類する所謂邦楽のレコオドばかりで、掛けた所でさつぱり判らない。一度、伯母が、これはどうかしら？　と云つて掛けたのは、梅は咲いたか、桜はまだかいな、と云ふ奴であつた。中学一、二年の坊主に面白い筈が無い。しかし、なかに数枚、僕にも納得の行くレコオドがあつて、偶にそれを掛けた。

その一枚はその頃流行した「島の娘」で、裏には「踊子の唄」が入つてゐた。それから「笑ひ薬」と云ふ滑稽な歌の入つてゐるレコオドがあつた。歌手は二村定一で、なんぼ何でも世の

なかにこれほど莫迦げたことがあるものか、と云ふ文句で始る歌である。その「なんぽ」の所を「なあ……んぽ」と矢鱈に長く引伸す。それを聞くと伯母はいつも、

——まあ、可笑しいこと……。

と、余り可笑しくも無いやうな顔をして云つた。

その他、「鴨緑江節」とかあつたやうな気がするが、兎も角、掛けるとしたらそんなレコオドしか無いから、その裡に否応無しに悉皆《すつかり》覚えてしまつた。紅の涙に濡れて踊るのよ、と「踊子の唄」を家で口誦《くちずさ》んで、父に大いに叱られた。

多分、中学二、三年の春休のときだと思ふが、伯母の家に遊びに行つてゐたら、珍しく来客があつた。伯母と椎茸を採つて、赤土の崖に沿つて下つて来ると、下の方から五十年輩の女が歩いて来た。

——ああら、奥様……。

招き猫みたいに手を挙げて、その女が頓狂な声を出したら、途端にひんやりした小径に金歯が燦然と輝いて吃驚した。

——まあ、お珍しい、お師匠さん。

つられて伯母も珍しく甲高い声を出して、小刻みの早足で女の方に行くと、門の前で交互にお辞儀をしてゐる。

僕は庭木戸から這入つて、湯殿の隣の洗面所で汚れた手を洗つて茶の間に坐つてゐると、伯母が来て客に挨拶しろと云つた。座敷に行つて、「今日は」と云つて戻つて来ようとしたら、学校はどこだとか、何年生だとか、がらがらした声で訊くのである。たいへん顔の長い陽気な女の人で、がらがら声で話すたびにずらりと並んだ金歯が光つて、何だか金歯を入れた馬と向ひ合つてゐる気がした。伯母が何とかさんと教へて呉れて、その人のことを讃めるやうなことを云つたら、

——ああら、厭でございますわよ。

と笑つて、招き猫みたいに手を振つた。

茶の間に戻つて、囲炉裏の前で古い風俗画報を見てゐると、座敷の方で女の人の矢鱈に大きな笑声がした。伯母の笑声も聞えるが、これはどうも客をもてなすべく精一杯勤めてゐる声だつたと思ふ。

その裡に、ねえや、と女中を呼ぶ伯母の声がして、女中が出向いて行くと、たいへんつまらないものだけれど、お聞かせしたいから、今夜是非お越し頂きたいと御近所に伝へて来て呉れ、と云つてゐるのが聞えた。

——ほんと、暫くお稽古しませんから、心配ですわ……。

——大丈夫ですことよ、奥様。

そんな声も聞える。心細さうな伯母の声を、大きながらがら声が引摺つて行くやうである。

一体、何が始るのだらう？　と思つてゐると座敷の方が急にひつそりと静まり返つてしまつた。いま迄うるさかつたがらがら声がぴたりと止んで、ひそひそ話が始つた気配である。

突然、廊下に足音がして伯母が茶の間を覗込むと、僕を見て吃驚したやうな顔をした。

——ねえやは？

——お使ひに行きました。

伯母は何か云ひさうにして、片手で胸を押へるとまた座敷に戻つて行つた。

何だか妙な感じだから、表の路に出てみると、一町ばかり先の右手の農家から、白い前掛姿の女中が出て来るのが見えた。それから、菜の花畑のなかを、左手の山裾の農家の方に渡つて行く。見てゐると、間も無くその農家の樹立のなかに消えて行つた。「御近所」と云ふのは七、八軒しか無いが、二町ばかりの間に点在してゐるから、ちよいと一巡りと云ふ訳には行かないのである。この女中は小柄の美人で、齢は三十ぐらゐだつたかもしれない。伯母の気に入りで、伯母はこの女中を、可愛い人、と称してゐた。

夜になると、近所の農家の主人や細君連中が七、八人集つて来て、座敷に窮屈さうに坐つた。伯母は顔の長い師匠と並んで床の間を背に坐つてゐて、師匠は伯母の三味線を抱へて調子を見てゐる。伯母はのぼせてゐるのか、悲しさうな顔をして、

——どうぞ、お楽になさつて下さいな、どうぞ……。

と繰返すが、誰も膝を崩さうとしない。みんな、別に迷惑さうな顔はしてゐないが、何とな

く中途半端の片附かない顔をしてゐる。面白さうだから、廊下に坐つて見てゐた。

伯母は着物の襟に手拭を挟んでゐるが、それが拡つて涎掛のやうに見えて、たいへんみつともない。どう云ふ心算なのだらうと思つてゐると、突然その手拭を取つて顔を拭いた。

——では……。

師匠と伯母が会釈し合つたのが合図だつたのだらう、師匠が三味線を持直すと、伯母は一段と悲しさうな顔で一礼した。固唾を嚥んで視てゐると、三味線が大きな音を立てて、師匠が「いよう」とか何とか頓狂な声を出した。途端に伯母は眼を瞑つて首を振りながら、僕にはおよそ馴染の無い声を張上げたのにには驚いた。

急いで立上つて茶の間に逃げて行くと、炉端に坐つて縫物をしてゐた可愛い人が、くすりと笑つた。逃げて来たのが可笑しかつたので、伯母が可笑しいのではないと云ふから合点が行かなかつた。

——あんなの、面白いの？

——とても、お上手ですわ……。

——ふうん……。

多分お世辞だと思ふが、そんなことはどつちでも良い。暫くして座敷を覗きに行つてみたら、伯母は相変らず悲しさうな顔をして首を振つてゐて、聴き手の方は何となくぐつたりして途方に暮れてゐるやうに見えた。

翌日の午后、帰る師匠を送つて一緒に鎌倉に行つた。僕は行きたくなかつたが、伯母に頼まれた恰好で随いて行つた。伯母と二人のときは、大抵逗子の駅迄歩いて行く。このときは師匠がゐたから自動車を呼ばうとしたら、師匠が、どうせ呼んで頂くなら、

——奥様、お俥《くるま》にいたしませうよ。

と希望して、人力車三台に乗つて行つた。

伯母の家から駅迄は、その大半が左右に低い山を見ながら行く長い田舎路で、路の両側には畑とか田圃が山裾迄続いてゐる。紅い蓮華の花や菜の花を見ながら俥に揺られて行くと、青い空で鳶が啼いた。

左手の山の切れる所で、田舎路は広い砂利道に打《ぶ》つかる。それを左へ行くと踏切があつて、踏切を渡ると町へ入るのである。この間、先頭の俥に乗つてゐる師匠は大きながらがら声で二番目の俥の伯母に話し掛けたり、前を向いた儘招き猫の手を振つたりしてゐた。それを町に入つてからも止めないから、並んで乗つて行くのが恥しくてならない。俥を降りて、歩いて行きたい気がした。

鎌倉では師匠の提案であちこち見て歩いたが、此方は何遍も見てゐるから余り面白くない。夕方近くなつて一軒の料理屋に這入つたときは、吻《ふん》とした。食事のとき、師匠は酒を一本飲んだ。飲んでも別に赤くもならない。伯母は飲まないから、師匠は独りで美味さうに飲んで、食事が済むと敷島を出してすぱすぱ吸つて、店の女中に碁盤があつたら持つておいでと云つた。

どうするのかと思つたら、僕に五目並べを教へてやると云ふのである。

――お師匠さん、五目並べ、お上手なんですの？

――いいえ、奥様、上手なんて云ふもんぢやございませんけれど、面白半分にいたしますんですよ。昔はよく旦那様のお相手もいたしました……。

――あら、主人が五目並べなんかやりましたかしら？

――まあ、奥様。厭でございますよ。

と笑つて、烟草《たばこ》を喫んでゐる。そのときは碁盤が塞がつてゐるとかで、五目並べはやらなかつた。店の女が碁盤のことを云ひに来たとき、伯母は何やら悲しさうな顔をした。碁盤の使へないことを残念がつてゐるやうに見えたが、実は伯父の五目並べを知らなかつたのが理由だつたらしい、とは后で判つたことである。


伯母の所へ行くと、大抵三、四日から一週間ぐらゐ泊つて来たが、専ら山歩きばかりして過して、海には余り行かなかつた。一里近い道を一人で歩いて行く気がしなかつたのだらうと思ふが、遊びに行つたのが水泳には縁の遠い春休のときが多かつたせゐもある。一度、伯母が「不如帰」がどうのかうのと云つて一緒に海岸に行つて、帰りに町で浪子饅頭を買つたが、伯母と海へ行つたのはそのときぐらゐだと思ふ。尤も、これも中学生の頃、或る夏、一週間ばかり毎日海へ通つたことがあるが、このときは相棒がゐて、その相棒と一緒に行つた。伯母は大きな古い麦藁帽子を持つてゐて、芹や土筆《つくし》を摘みに行くとき被つてゐたが、伯母は海には行かないから、その帽子を借りて被つて泳ぎに行つたのである。

伯母の家の前に一軒大きな農家があつて、そこの爺さんが伯母の所の山番をしてゐた。この爺さんの孫に、名前は忘れたが僕より二つか三つ齢下の男の子がゐて、どう云ふ切掛からだつたかその夏一緒に海に行つた。肥つて色の黒い、眼のくりくりした少年であつた。

海に行くときは、家を出るときから水着一枚の肩に大きなタオルを掛けて、麦藁帽子を被つて行つた。誘ひに来た眼のくりくりした相棒が水着一枚だつたから、その真似をした訳だが、伯母はその恰好が気に入らなかつたらしい。ちやんと襯衣《しんい》とズボンを着けて行つて、海岸の茶店で着換へなさい、と注意した。そんな恰好で山のなかから出て行つて、町なかを抜けて行くのはみつともないと思つたのだらうが、そんな心配は要らなかつた。

砂利道へ出る迄の長い田舎路は、途中に人家なんか無いから見咎める人もゐない。砂利道から先は、眼のくりくりした相棒が心得てゐて、町へ入らずに松林のなかを抜けて行く近路があつた。その辺には別荘風の家が多かつたが、その家から出て来て海へ行く連中は、殆どわれわれと変らない恰好をしてゐたのである。

一度、一軒の家の門の所に水着一枚の娘が立つてゐて、その頃流行つた「紅い翼」と云ふ唄を歌つてゐた。片手を門柱に掛け小首を傾げて、此方がじろじろ視ても平気な顔で歌ひ続けてゐた。相棒は振返つて、

――あれ、気狂だね。

と低声で云つた。娘がどう云ふ料簡だつたか判らないが、同様、何故こんなことを憶えてゐるのか判らない。浜辺はその頃はその頃なりに混雑してゐて、砂浜にタオルを置いてその上に麦藁帽子を載せて目印にするのだが、海から上つても目印の帽子がなかなか見附からないことがあつた。

相棒が迎へに来て、或る晩、一緒に海岸に映画を観に行つた。多分、納涼大会とでも云ふものだつたと思ふが、相棒が、活動写真をやるよ、と云ふので面白さうだから暗い田舎路を歩いて行つたのである。満天の星で、ときどき星が流れる。眼のくりくりした相棒は星の名前をよく知つてゐて、あれは何とか星、此方は何とか星と云ふ。

――よく知つてるね。

と感心したら、何でも手製の天体望遠鏡を持つてゐて、それで観測するのだとか云つた。それから、その頃出てゐた子供向けの科学雑誌の名前を挙げて、毎月欠かさず見てゐると云つた。そんな話をしながら海岸へ行つてみると、砂浜に柱が立ててあつて、白い幕が張つてある。その辺に黒く人だかりがしてゐて、何となくがやがやしてゐた。行つて見ると、幕の前に人が沢山坐つてゐて、その廻りに立つてゐる人も多い。思つたほど暗くなくて、少し離れた人の顔も大体判る。相棒と二人、人垣の疎らな所に潜り込んで立つてゐると、貧弱な拍手が起つて、

――……御挨拶をいたします……。

と云ふ声が聞えた。成程、幕の横の方で誰かが何か喋つてゐるのだが、さつぱり判らない。

――挨拶はいいから、早くやれ。

と誰かが怒鳴つたら、それでは早速始めます、とそこだけはつきり聞えて、挨拶は中止になつたから可笑しかつた。

そのとき観たのは、「風来坊」と云ふアメリカ映画である。大分后になつて、偶然その監督がルイス・マイルストンだと知つたが、どんな俳優が出たのか、どんな筋書だつたのか、悉皆忘れてゐる。忘れてゐるのに云ふのも変だが、案外面白かつたと云ふ記憶がある。画面は白つぽくて見難かつたが、それでも終つたら手を叩く人がゐた。

映画が終つたら打揚花火が幾つか上つた。夜空に散る花火を見てゐると、「玉屋あ」とか「鍵屋あ」とか怒鳴る声がした。その裡にみんなぞろぞろ帰り始めたから一緒に歩き出しながら、

――面白かつたかい？

と相棒に訊くと、

――うん、だけど、ところどころ判らなかつた。

と云つた。

どこかで手風琴を鳴らしてゐて、何となくふはふはした気分がする。ぞろぞろ帰る人達と一緒にふはふは歩いてゐると、松林の辺りから知らぬ間に人影がだんだん疎らになつて行つて、砂利道を越したら、歩いてゐるのは僕と相棒の二人しかゐない。

急に夜が深くなつて、暗い田舎路が莫迦に長く思はれた。伯母は寂しい所に住んでゐるものだ、このとき改めてそんなことに気が附いたやうな気がする。

伯母の居間には仏壇があつて、位牌と一緒に伯父の写真も飾つてあつた。眼鏡を掛け髭を蓄へた伯父が、少し笑ひ掛けてゐる。その写真の前に坐つて、毎朝、伯母は線香をあげ手を合せてゐた。伯母の所に行くと、伯父に挨拶して来いと云はれるから写真の前でお辞儀をするが、さう云ふ写真は余り見たくない。だから、用の無い限り、伯母の居間には這入らなかつた。伯母の居間にしろ座敷にしろ、裏の山に面した部屋は、いつもひんやり仄暗く陰気だつたやうな気がする。

これに反して、別棟になつた二坪ばかりの物置小屋があつて、雨戸を開くと、茲《ここ》が伯母の家で一番陽当りの好い所だつたから妙なものだと思ふ。南に面して窓があつて、窓から、前の農家の梅の枝越しに遠く山が見えた。小学生の頃から伯母の所に遊びに行つた訳だが、この物置小屋に初めて這入つたのは、もう中学を出て、上の学校に入つてゐた頃である。

或るとき、何かの話をしてゐたら、昔、伯父が上海かどこかで買つて来た土産用の墨があるから、それを僕にやらうと伯母が云つた。それから、押入のなかとかあちこち探したが見当らない。

——若《も》しかしたら、物置にあるかもしれないことね……。

と伯母が云つて、そのとき初めて伯母と物置に行つた。他に炭なぞ入れて置く小屋があるが、僕の頭のなかではそれが一緒になつて、物置に炭ではなくて墨があるとは変な話だと思つたりしてゐたのである。

物置小屋は物置にしては床が高くなつてゐて、四、五段、梯子段を上る。南京錠を外して、持つて行つたスリッパを穿いてなかに這入つた。伯母が硝子戸を開けて、それから雨戸を繰ると途端に陽射が威勢良く流れ込んで、伯母の家にこんなに明るい所があつたのか、と吃驚した。

——こんな所があつたのか……。

見廻すと、何だかいろいろ詰つてゐる。一方には五、六段の棚があつて、大小の箱とかバスケツトとか籠とか、いろんなものが載つてゐる。床の上には古い長持とか大きな旅行鞄とか籐椅子、卓子などが積み上げてあつた。

伯母は棚の上の箱を降して、蓋を取つて、なかを改めてはまた棚に戻す。そんなことを繰返してゐる。試みに棚の上の籠を覗くと、舶来の紅白の葡萄酒が何本か入つてゐた。ペパアミントの瓶もあつたが、何れも封を切られぬ儘、埃を被つてゐた。旅行鞄の一つは鉄で出来た頑丈な奴で、人間一人楽に入れるぐらゐ大きい……。

そんなものを見てゐたら、

——ああ、矢つ張り、ありましたよ。

と、伯母は長さ二十糎ばかりの丸い筒を取出して僕に呉れた。緞子《どんす》か何かそんな布が張つてあつて、一見太い巻物のやうだが、巻いてある紐を取ると縦に二つに割れて、なかにいろんな形の墨が十本ばかり入つてゐた。

——お気に召しましたか？

伯母が改つた口調で訊いたから、此方も改つて、はい、たいへん……とか答へて礼を云ふと伯母は嬉しさうな顔をして、雨戸を閉めようとする。墨が見附かつたから用は済んだと思つたのだらうが、居心地が好いから直ぐには出たくない。

——茲は気に入つたから、もう少しゐてもいいでせう？

と云ふと伯母は、

——厭ですよ、物置が気に入つたなんて……。

と悲しさうな顔をした。しかし、不可《いけ》ないとは云はなかつた。僕に鍵を呉れると、

——ちやんと閉めて来て下さいよ。

と云つて出て行つた。

積上げてある古い籐椅子を一脚降して坐つてみると、梅の枝越しに春の山が見えて、坐り心地は申分無い。周囲を見ると何だか古道具屋にゐるやうな気もするが、ぼんやり坐つてゐると、うつらうつら睡気を誘ふやうな雰囲気があつて、一町ばかり離れた所にある農家の水車の音が、ごとんごとん、と聞えて来るやうな気分になるから妙であつた。

その后、この物置小屋には何度も這入つた。尤も、天気の悪い日には這入らない。一度は本

を持つて行つたが、四、五頁と進まぬ裡にうつらうつらして来るから何にもならない。明るい光のなかで、山を見てぼんやりしてゐるのが一番相応しかつたやうである。

物置の棚の上には、三味線も載つてゐた。三味線は以前は座敷の床の間に置いてあつたのを憶えてゐるが、どうして物置に追ひやられたのか知らない。三味線を見たら顔の長い招き猫の師匠を想ひ出して、一度、茶の間に戻つたとき伯母に訊いてみたことがあつた。

——お師匠さん？　亡くなりましたよ。

——何だ、死んだんですか？

——ええ、もう三、四年前になるかもしれませんね……。どうして？

——いや、物置の棚の上に三味線があつたから……。

——もう、お三味線にも用はありませんからね……。

さう云ふと伯母は立つて台所を覗いて、坐り直すと囲炉裏に炭を注ぎ足しながら、

——お師匠さんに子供がゐたんですよ。

と低声で云つた。内緒話でもするやうな調子だが、どう云ふことかよく判らない。

——子供がどうかしたんですか？

——いいえ、伯父さんの子供ですよ。

これには吃驚した。

——驚いたなあ……。

——吃驚したでせう？　こんな話、恥を曝すやうで、お話しする心算ぢやなかつたけれど……。

伯母は僕の気持を取違へてゐたらしいが、僕は別に訂正はしなかつた。伯父が伯母以外の女性と交渉があつたところで、僕にとつてそんなことはどうでもいい。子供がゐたところで、別に驚くには当らない。僕が驚いたのは、蓼喰ふ虫も好き好きと云ふが、伯父の好みも相当なものだと思つて驚いたのである。専ら伯父の審美眼を疑つた訳だが、いま考へてみると、或は伯父には陽気でがらがら声の師匠に近附きたくなる理由があつたのかもしれない。何となくそんな気もしないではない。

——お師匠さんが亡くなつたとき、その子供が教へに来て呉れました。十三か十四の可愛い男の子でしたよ。

伯母は笑つてさう云つたが、何だか寂しい笑顔であつた。伯母には実子が無かつたから、案外羨しかつたのかもしれないと思ふがよく判らない。伯母の話を聞いたら、前に師匠が伯母を訪ねて来たとき、座敷でひそひそ話を始めたのも、そのことに関聯《かんれん》があつたのだらう、と云ふ気がした。

若い女中が夕食の仕度を訊きに来たから、この話は打切になつて、その后二度と話題に上つたことは無い。伯母が台所を覗いたのは女中に話を聞かれたくなかつたのだらうが、この女中は耳が遠かつたから、そんな心配は無用だつたと思ふ。その頃、伯母の気に入りだつた可愛い人は何年も前に再婚して辞めてしまつて、その后二人目だつたか、三人目だつたか、色の白いぽつちやりした若い女中に替つてゐた。女学校を出たばかりで、いつもにこにこしてゐたが、耳が遠いからよく頓珍漢な返事をした。

何かへまをやつて伯母に注意されてもにこにこして、妙なときに、済みません、なんて返答するから、伯母も叱る張合が無かつたらう。

或るとき、山歩きから帰つて来て、物置小屋でうつらうつらしてゐると歌声が聞えて来た。「菩提樹」だつたか何かを、いい声で歌つてゐる。伯母が物置の戸口にやつて来て、

——ほら、ねえやが歌つてるのよ。耳は遠いのに歌は上手でせう?

と珍しく、くすくす笑つた。それから、お茶にしようと云ふから一緒に茶の間に行つた。間も無く女中が台所に這入つて来たらしいので、伯母は、

——ねえや、歌を聞かせて貰ひましたよ。

と声を掛けた。すると、ぽつちやりした女中が顔を出して、

——はい、取込みました。

とにこにこした。何だかちぐはぐな話だと思つたら、その前に伯母が洗濯物を取込むやうにと云つたのださうである。洗濯物を取込みながら、つい春風に誘はれて思はず歌ひ出したものらしい。

山に花畑が出来たと云ふので見に行つたのは、大学生になつた年の五月だつたと思ふ。何かの都合で、暫く伯母の所に行かなかつた。多分、二年振りぐらゐに訪ねた気がするが、横須賀行の電車も立つてゐる人が沢山ゐて、長い田舎道の両側の山裾にも家が何軒か出来てゐて驚いた。しかし、伯母の家の近くに行つたら一向に変つてゐない。高い赤土の崖に沿つたひんやりした小径を上つて行くと、左手に昔ながらの門がひつそり立つてゐる。

茶の間で、茶を飲みながら、

——この辺はちつとも変りませんね。

と云つたら、伯母は悲しさうな顔をして、

——ええ、ちつとも変りませんよ。ただ、私はだんだんとお婆さんになるけれど……。

と云つた。此方は変らないことを歓迎したのだが、伯母は僕が暫く行かなかつたから、或は逆に受取つたのかもしれない。その頃、僕は山のなかにひつそり住む伯母の気持など、別に考へなかつたやうである。前に師匠の子供の話を聞いたときも、伯母の内心を忖度しなかつた。いま伯母の悲しさうな顔を想ひ出すと、それなりの理由がいろいろ胸に詰つてゐたのかもしれない、と思ふが、いま更臆測する気にはならない。

椎茸を採りに行くことにして伯母が用意してゐると、奥様、と呼ぶ声がして台所の方から色の黒い小柄な男が顔を出した。伯母が、山で花を作つてゐる何とかさんと教へて呉れた。きちさん、だつたか、いちさん、だつたかそんな名前であつた。何でも、前に東京の本宅で働いてゐた女中の亭主だと云ふ。

——是非、明日にでも……。

花畑を見に来て呉れ、と茶の間の入口に坐つて莫迦叮嚀なお辞儀をした。眼の大きな四十近い齢恰好の男で、大きな眼玉を矢鱈にきよろきよろさせるから、此方もたいへん落着かない。伯母が茶を勧めると、滅相も無い、と忙しく両手を振つた。しかし、膝の前に茶碗が置かれると、では折角でございますから、と両手で茶碗を包むやうに持つて、眼玉をきよろきよろさせながら茶を啜つた。何だか栗鼠に似てゐると思ふ。

このひとはたいへん働き者なのよ、と伯母が持上げたら、

——いいえ、滅相もございません。

と、忙しく耳の背後を掻いた。細君の実家が保土ケ谷かどこかにあつて、そこからこの山のなか迄、殆ど毎日のやうに通つて来ると云ふ話であつた。

その后、椎茸を採りに行つたとき、竹林がさらさら葉を鳴らしてゐるなかで、この何とかさんの話を伯母から聞いたが、大抵忘れてしまつた。憶えてゐるのは、本宅から金を出して貰つて山で花畑を始めたと云ふことぐらゐだが、その辺の経緯に就いて、伯母は気に入らない所があつたやうである。

——伯父さんが生きてらしたらね……。

と、寂しさうな顔をしてさう云つたのを憶えてゐる。

翌日、伯母と一緒に山の花畑に行つた。伯母は遠足にでも出掛ける気分になつてゐたらしく、珍しく愉しさうに見えた。大きなバスケットを僕に持たせ、自分は古い麦藁帽子を被つて肩から大きな魔法瓶の水筒を吊してゐた。それから、玄関に何本か立ててある伯父のステッキの一本を選んで、

——ちよつと拝借いたします。

と、真面目な顔で死んだ伯父に断つてゐる。何だか可笑しかつたから、傍にゐた耳の遠い丸ぽちやの女中を見たら、これもにこにこしてゐた。尤も、伯母の声は小さかつたから、果してちやんと聞えたかどうか疑はしい。

表の路に出たら、前の農家の山番の爺さんが立つて待つてゐて、花作りの何とかさんは今朝いつもより早く山に行つたと教へて呉れた。必要な道具類はこの爺さんの家の納屋に預けてあつて、山に行くときは寄つて行くのださうである。爺さんはわれわれを花畑迄案内して、更にその先の山に行つて木を伐つてゐる様子を見ると云ふ。

——どの辺ですの？

と伯母が訊いたら、

——池の上の方の山でして……。いい炭が焼けさうです。

と爺さんは云つた。前に一緒に海に行つた眼のくりくりした相棒のことを訊いてみたら、横浜の専門学校に行つてゐると云ふことで、百姓は嫌ひだと云つて困る、と苦笑してゐた。

好く晴れた日で、途中の水車小屋の所では、水車の落す水がきらきら光つて散つて、吹いて来る風も光を撒き散らすやうである。

——山に来るのは久し振りですよ……。

と伯母は笑つたが、久し振りだから愉しいと云ふ意味だつたらしい。水車の先で、左右の山が急に接近して一つに繋がつてしまふ手前に、石の地蔵さんが立つてゐて、路が二股に岐れてゐる。僕の山歩きは茲から始るので、そのときの気分で右へ行つたり左へ行つたりした訳だが、花畑はその左の小径を登つて行つた先の山の上にあつた。

その径は段段になつた山の畑を過ぎると、林に入つて山の上迄続いてゐる。林は栗の木が多く、前に栗鼠を見掛けたのもこの林である。新緑の明るい小径を辿つて行くと、どこかで頻《しき》りに郭公が啼き、木を伐る音が遠くで聞える。何となく好い気分で登つて行くと、山の上迄続いてゐる筈の林が不意に切れて、からりと視界が展けたから吃驚した。

——悉皆伐りました。

爺さんは一向に驚かない。それから手を伸すと遠くの方を指して、

——海が見えます。

と云つた。左手の低い山が重なつた間から、掌ほどの大きさに銀色の海が覗いてゐた。いま迄何度も山歩きをしたが、海を見たことは一度も無い。林を伐つたから見える訳だが、伯母もこの山のなかに住んでから、山から海を見るのは初めてだ、と麦藁帽子の下で放心したやうに

遠くを見てゐた。

頂上に着くと、鳥打帽子を被つた花作りの何とかさんが待ちかねてゐて、走つて来た。頂上の林は悉皆伐られ、緩かな傾斜面一帯が花畑になつてゐる。色とりどりの花が烟《けむ》るやうな青空の下に一面に展がり、光を散らす風に吹かれて、何だかそこに花畑のあることが、信じられないやうな気がした。

――では、御案内いたします。

と花作りが云つて、随いて行かうとして、気が附くと爺さんの姿が無かつた。知らぬ間に次の山に行つてしまつたらしい。伯母と二人、案内役の後に随いて花畑に入つて行つたが、これは何にもならなかつた。花畑はかなり広く花の種類も思つてゐたより迥《はる》かに多かつたから、説明を聞いてもごちやごちやしてよく判らない。

――これはフロックでございます。フロックには二種類ございまして、スタア・フロックと申しまして、つまり花弁が星形に咲きますものと、もう一つドラモンデイと申しまして、花弁の丸いものと、この二つがございます。此方がそのドラモンデイでございまして、あちらにあるのがスタア・フロックでございます。その次の、これはアイリスと申しますが、イングリッシユ・アイリスと云ふ種類でございまして、あちらの……。

こんな調子で、これが蜿蜒《えんえん》と続きさうだから些《いささ》か心配になつた。伯母も最初の裡は、まあ可愛らしい、とか、おや、さうなの、と相槌を打つてゐたが、その裡に何となく草臥《くたび》れた顔になつた。説明して貰つても判らないから、勝手に見て歩いたらどうか、と伯母に勧めたら、日頃ものごとを決めるのに手間取る伯母が珍しく即座に賛成した。

——折角だけれど、このひともさう云ふから、勝手に見せて頂きますわ……。

案内役は白い歯を見せて笑ふと、僕と伯母をきよろきよろ見て、

——では、ごゆつくり……。

と花の無い百合畑に走つて行つた。歩いて行つたのかもしれぬが、いつも走つてゐるやうに見えるから不思議であつた。それから花畑をあちこち歩き廻つたが、花を見たと云ふより、矢鱈に沢山ある草花に取巻かれて爽かな風に吹かれてゐたので、寧ろ、その方が愉しかつた。巨《おほ》き過ぎて取除けなかつたのか、或は故意《わざ》と残したのか知らぬが、花畑のなかに巨きな平らな岩が顔を出してゐたから、腰を降さうとして、見ると古銭が三、四枚載せてあつた。何れも緑青をふいて、その上何か固くこびりついてゐて字もよく読めないが、一枚は「永」と云ふ字が何とか判る。四角の穴があいてゐて、多分寛永通宝だらうと思ふが、何とかさんに訊いてみたら、畑作りを始めたとき土のなかから出たと云ふ。こんな山のなかの林の径を、昔、どんな人間が歩いて、どうして金を落したのだらうか？

——小判は出なかつたの？

と訊くと、

——ざくざく出ました。

と笑つて、耳の背後を搔いた。

その后、花畑の外れに一本残つた大きな椎の木の下に伯母が白い布を拡げて、そこに腰を降して、花を見ながらサンドヰツチを摘み、風に吹かれて紅茶を飲んだ。何とかさんは泥の着いた手を仕事着のズボンで拭いて、手の甲にサンドヰツチを載せて食つた。山で見ると余計栗鼠に似てゐたが、それが却つて山の花畑にぴつたりした感じで悪くなかつた。

——この花はどうするんですか？

と訊いたら、東京や横浜の花屋に卸すので、追ひ追ひ上手く行くと思つてゐる、と云つた。伯母はバスケツトから林檎やバナナを取出してゐるから覗いて見ると、サンドヰツチを載せた大皿の他に、どう云ふ心算か、まだ三、四枚皿が入つてゐる。紅茶茶碗の皿迄忘れてゐないから、道理でバスケツトが重い筈だと合点が行つた。しかし、伯母は僕の覗いたのを勘違して、

——もう果物しかありませんよ。

と云つたら、それを聞いた何とかさんがこれまた勘違して、いいえ、もう充分頂きましたから、と忙しく手を振つたから可笑しかつた。伯母は下を向いて、くすくす笑つた。

それから間も無く、伯母と花畑のある山を降つたが、帰るとき花作りは鈴蘭の株を二つか三つ伯母に持たせて、ちよつと得意さうに眼玉をきよろきよろさせると、

——花詞は、幸福でございます。

と云つてお辞儀した。

花畑から降りて来たが、その后二度と登つたことは無い。伯母の家に何度遊びに行つたか判らないが、遊びに行つたのはこのときが最后である。この后もう一度行つたが、それは伯母の死んだときで、花畑に行つた年の暮に伯母は死んだのである。何でも寒い風の吹く晩で、裏山の風の音を聴いてゐると、鈴蘭を貰つたときの伯母の嬉しさうな顔が鮮かに甦つたが、それが次第に悲しさうな表情に変つて行くのが何とも不思議であつた。

伯母が死んで間も無く、その家は人手に渡つたと聞いたがその后どうなつたのか知らない。三十年も昔の話だから、その辺も悉皆変つてしまつたらう。行つて見たところで始らないし、行つて見る気にもならない。ただ、ときに想ひ出のなかで、赤土の崖に沿つたひんやりした小径を上つて行くことがある。門を這入つて威勢良く銅鑼を鳴らすが、音ばかり矢鱈に大きく跳ね返つて来て、玄関には誰も出て来ない。どこに行つたのかしらん？　しいんと静まり返つた家のなかに人の気配は無く、裏山の辛夷が白い花を散らしてゐるばかりである。

〔1969（昭和44）年12月「群像」初出〕

猫柳

小川沿の小径を歩いて行くと、街道に出る手前の所に猫柳があつて、銀色の柔毛を持つ花をどつさり附けてゐた。猫柳を見ると、土橋を想ひ出す。何でも、どんどん土橋、村外れ、とか云ふ唱歌があつて、それに猫柳が出て来たやうな記憶があるが、そのためらしい。尤も、この小川は暗渠《あんきよ》になつて街道の下を流れてゐるから、土橋なぞ無い。

街道に面した床屋に這入つて行くと、正面の大きな鏡の前の台に水盤があつて、猫柳が尤もらしく活けてあつた。客は一人もゐない。片隅で烟草を喫んでゐた親爺が立上ると、烟草を揉み消して、

——いらつしやいまし。

と云つた。

その店に行き始めて何度目だつたか忘れたが、それ迄親爺と話をしたことは無い。この前と同じで宜しうございますか？　と云ふから、うん、と云ふだけである。

親爺は身長は五尺に足りないぐらゐで、齢の頃は五十前后かもしれない。初めて親爺を見たとき、誰かに似てゐる気がしたが想ひ出せなかつた。或るとき、サマセット・モオムの写真を見て誰かに似てゐると思つてゐたら、床屋の親爺を想ひ出した。モオム氏は床屋に似てゐた訳で、親爺はモオム氏に似てゐた。

それ迄話をしたことは無いが、このときはモオム氏のことと、それから猫柳のことがあつたから、

——この猫柳は、あの川つ縁の奴を取つたのかい？

と訊いてみた。モオム氏は、訳知りの爺さん、とも云ふべき人情の機微を心得た作家である。ところが、この親爺は一向に人間を見る眼が無かつた。

——おや、旦那はお花に御趣味がおありなんですか、よござんすね。あたしもね、お花の方はちよいとばつかし年期を入れましてね、看板も出せるんですよ。

何を勘違したのか知らないが、お花に御趣味、には恐れ入つて口を利く気がしなくなつた。しかし、親爺の方はこれを切掛と心得たらしく、その后、矢鱈にお喋りするやうになつた。それはいいが、親爺はどう云ふものか僕を誤解した。親爺の話を聴いてゐると、僕は華道は云ふ迄も無く、茶道も嗜む、歌舞伎にも通じてゐる、日本舞踊も心得てゐるらしいから、呆れる他無い。

いつだつたか、髭を剃つて貰ひながら、ラヂオのモオツアルトに耳を傾けてゐたら、親爺が

気の毒さうに云つた。

――ラヂオも邦楽のときは宜しいんですけど、洋楽のときはつまりませんね。止めませうか？

――止めなくていい。

――さうですか……。でも、お三味線はいいもんですね、おやりになるんでせう？

――全然、やらない。

――おや、御謙遜で……。ちやんと判つてをりますよ。

どうも、話がちぐはぐになつて不可ない。


一度、親爺が身上話をしたことがあるが、大半は忘れてしまつた。憶えてゐるのは、子供の頃麻布辺の床屋に丁稚奉公に入つて、苦労して一人前になつて、やつと芝辺りに一軒店を持つたら、それが空襲で焼けてしまつたと云ふことぐらゐである。それから、この店が持てたのは、親爺の妹のお蔭だとか云つた。何でもその妹は、この店から少し離れた、国電のM駅前の通のお茶屋に嫁いでゐるのださうである。

その話を聞いたら、思ひ当ることがあつた。

――M駅前の通つて云ふと、吉野園とか云ふお茶屋があるね……。

――おや、よく御存知で……。あの店でございますよ。

――ふうん。

戦争前はそつちの方へ住んでゐたから、吉野園も知つてゐるのである。かなり大きな茶屋で、信州に疎開するときはその店で茶を購《もと》めたことがある。

――あの妹もいろいろ苦労が多いせゐですか、あたしなんかより老けて見えるんですよ。

どんな苦労かと訊くと、亭主の方が相当の道楽者らしかつた。尤も、親爺の口吻《くちぶり》からすると、その道楽を大いに肯定してゐるやうに聞える。うつかり何か云ふと、当方も立派な道楽者と誤解される危険が多分にあるから、知らん顔をしてゐた。それから、茶屋の妹が親爺に似てゐると仮定すると、その妹はモオムみたいな顔をしてゐることになる、一遍見物に行つてみようかしらん……と考へてゐる裡にうとうと眠つてしまつた。

椅子を起されて眼を醒したら、入口の傍の腰掛台に娘が一人坐つてゐて、鏡のなかの僕の顔を見ると、につこり笑つてお辞儀したから吃驚した。二十歳ばかりの愛嬌のある顔をした色白の娘で、水玉模様の服を着てゐる。

――娘でございますよ……。

と親爺が云つたら、それが合図のやうに娘は立上ると奥へ這入つて行つた。

――何だ、お宅の娘さんか……。

――ええ、あれが一番上でして、下に二人をります。あの娘だけ先妻の子でして、あとのは、いまの家内の子供なんです。

親爺の話だと、その娘は例の吉野園と云ふ茶屋の手伝に行つてゐるらしかつた。遊んでゐてもつまらないから、少しでも小遣になればいいと云ふ訳である。しかし、さう遠くないから、暇があると、ちよいちよい帰つて来ると云ふ。

——あんな恰好をしまして……。

と親爺が申訳無さうに云ふから、何のことだらうと思つてゐると、和服姿でなくて洋服姿なのが面白くないと云ふ。どうやら、日本趣味豊かな筈の僕の前に、洋服の娘を見せて申訳無いとでも云ふらしいから、親爺の誤解も相当なものだと思ふ。

——帯が面倒だとか何とか申しまして、なかなか着物を着ないんです。ほんとに、いまどきの娘は仕様がありません。それでも、長唄のお稽古には通つてゐるんですよ。

散髪と云ふ奴は面倒臭いから、余り好きではない。仕方が無いから床屋に行くが、待たされるのは厭だから、なるべく誰も来ない時刻に行く。お蔭で親爺のお喋りを聞くことになるが、この方は場合に依つては子守唄と聞くことも出来る。

小川沿の小径に薄の穂が揺れてゐる頃だつたと思ふ。床屋に行くと、親爺が茶屋の妹が病気だと云つた。生憎、何の病気と云つたのか記憶に無い。

——こなひだは、危篤だつて申しますんで、兄弟六人寄つたんでございますよ。そしたら、妙な話ですけど、そのとき急に元気になつちやひましてね。みんな、死ぬんだらうつて思つて寄つたんですけど、死なないんぢや、まあ良かつた、帰らう、なんて話してましたら……。

病人の妹が、こんなに兄弟みんな集ることは滅多に無い、自分もいまは元気だが、いつ、ぽつくり逝くか判らない、好い機会だからひとつ大いに騒いで呉れ、と提案した。そこで、一同病人の前で飲めや歌への大騒をやつたのださうである。

——何しろ、女はその妹一人だもんですから……。

——ふうん。

親爺はわざわざ自宅から三味線を取寄せて、大いに景気を附けたらしい。

——三味線、持つてるのかい？

——ええ、ときたま出して弾いてみるんですよ。でも、うちで弾いても気分が出ませんでね……。

病人は？　と訊くとその后一進一退の状態だと云ふ。お内儀《かみ》さんが臥込んでゐるので、手伝に行つてゐる親爺の娘が専ら店に出てゐるとも云つた。娘と云はれて、その少し前に娘を見たのを想ひ出した。K町の古本屋を覗いて歩いてゐると、向うから来た洋装の若い女が、懐しさうに笑つてお辞儀した。誰かと思つたら床屋の娘で、これから長唄のお稽古に行くのだと云つた。踵の高い靴を穿いて、茶屋とか長唄とは一向に結び附かない。

——娘さんに会つたよ。

と云はうと思つたが、何だか睡くなつて来たので止めにした。うとうとしかけると、親爺の大きな声がしたので、吃驚して眼を開けた。

——何だい？

——中訳ありません。猫が来ましたんで、ちよいと脅かしてやつたんです。泥棒猫でしてね、ちよいちよい魚を盗られるんです。

——ふうん……。

——あんなのが、きつと化猫になるんですよ。

——化猫だつて？

——ええ、間違ありません。

それから、化猫に関する講談本的博学の一端を披露して呉れたが、残念ながら憶えてゐない。妙なことに、その猫は一年中腹を大きくしてゐるのださうである。

——ほんとかい？

——ほんとですとも。それに滅法気の強い猫でしてね、犬を見ると跳掛つて行つて、犬の鼻先を引掻くんです。あそこは犬の急所なんですつてね、御存知でせう？

——いや、知らない。

何だか、そんなことを知らなくて、面目無いやうな気がする。

多分、その次行つたときだと思ふが、珍しく先客がゐた。しかし、既に散髪を済せたらしく、入口の腰掛台に坐つて親爺と話してゐたが、僕を見ると親爺に、それぢや、と云つて出て行つた。五十過ぎに見える肥つた遊び人風の男である。

——あれがさうなんですよ。

と、親爺が云つた。

——誰だい？

——吉野園ですよ。

話があつてやつて来たのだが、序《ついで》に頭も刈つて貰つて行つたらしい。吉野園で想ひ出したから、娘さんは相変らずかい？　と訊いてみた。

——ええ、相変らずでございますが……。

と、親爺は鋏を使ひながら、浮ぬ顔をした。浮ぬ顔をしたら、いつもよりモオムに似てゐる。惜しむらくは頭の鉢が少し開き過ぎてゐる、と考へてゐると、親爺は独言みたいにこんなことを云ふ。

——あの亭主も、欲しいなら欲しいつて、はつきり云つて呉れりやいいんですよ。そしたら、此方だつて別に厭とは云はないんですから……。

何だか、ややこしい話だと思ふ。しかし、親爺の口吻からすると、茶屋の亭主が親爺の娘を嫁に欲しがつてゐるやうに聞える。真逆《まさか》、そんな筈は無いと思ふが、どうもさうらしい。さうなると、茶屋のお内儀さんはどうしたのかしらん？　死んだと云ふ話はまだ聞いてゐない気がする。

——茶屋のお内儀さんは……。

と訊き掛けたら、親爺は早呑込した。

——ええ、死んだ妹も、よその知らない女が後添に入るなんて考へると、安心して死ねないつて申しましてね、トシちやん、つて云ふのはうちの上の子なんですが、トシちやんが来て呉れれば一番安心だなんて、そんなことを申してをりましたんですよ。

それで親爺の妹は死んだらしいと判つたが、真逆と思つたことが本当なのには吃驚した。

——ふうん……。

——さうなんです。でも、云ひ出し難いんですかね、なかなかはつきり云はないんですよ。さつきも秋田犬の話ばつかしして帰つたんですよ。柄にも無く、恥しいんでせうか？

親爺は、先方が早く旗色を鮮明にしないのが焦れつたいらしかつた。聴いてゐると、妙な気がしてならない。

——だつて、齢が随分違ふんぢやないのかい。三十……。

——三十四、違ひます。

親爺は平気なものである。そんなに年齢が開いてゐる場合、男の方が話を切出して、それで娘の親が考へ込んで浮ぬ顔をすると云ふのなら話は判る。しかし、話を切出して呉れぬから浮ぬ顔をすると云ふのは、どう云ふことなのだらう？

——本人もその気なのかい？

――ええ、あたしが本人によく話してみましたら、そしたら、本人も異存は無いつて申しますんですよ。それが、あの子にも一番いいやうに思ふんです。

何か事情があるのかもしれないが、そんなことはどうでもいい。尠《すくな》くとも親爺の話を聞いた限りでは、何だか古めかしい人情噺でも聞いた気持がした。

それから間も無く、僕は病気になつた。長いこと臥てゐたら、髪や髭が矢鱈に伸びて、鏡を見ると如何にも病人らしい。尤も、余り病気を苦にしない方だから、外見は兎も角、内心は病人らしくない心算でゐた。ところが、見舞に来た友人の一人が、

――髭ぐらゐ剃つたらどうだい。

と云ふ。見舞に来て、如何にも病人らしい顔を見るとがつかりすると云ふのである。尤もな話だと思つたから、それから髭だけは剃ることにした。しかし、髪の方は、さう簡単には行かない。

臥込んで半年以上経つた頃と思ふが、或るとき、思ひ附いて親爺に来て貰ふことにした。家の者を呼びにやつたら、親爺は定休日を利用してやつて来た。庭から這入つて来た親爺を見ると、和服に雪駄を穿き、小さな風呂敷包を胸の辺に持つてゐて、何だか咄家か幇間みたいで可笑しかつた。

親爺は何やら莫迦に改つた挨拶をすると、風呂敷包を解いて襷を掛け、白い上張りに袖を通

した。ポポの木の下に椅子を出して坐り、首の周りから白い布を垂らして鋏の音を聞いてゐると、長い毛がどつさり落ちる。病気が落ちて、健康が間近に迫つてゐるやうな気がして悪くなかつた。

——皆さん、肥つたつて仰言《おつしや》るんだけど……。

と、家の者が云つたら、親爺は尤もらしい顔をして頭を振つた。

——いいえ、そんなことはありません。でも、お痩せになつたとも見えませんね。あたしはお世辞は申しません。

そのくせ、狭い庭を持つちつぽけな家を、結構なお住居ですね、なんてつまらぬことを云ふから話が中途半端になつて困る。尤も、この日は親爺は余りお喋りをしなかつた。病人に気を使つたのかもしれない。

面倒臭くて嫌ひな筈の散髪も、病気になつたら逆になつて、その后、親爺には四、五回来て貰つた。二度目に来たとき、親爺は、

——おや、お肥りになりましたね。

と、吃驚した。その后は来る度に、おや、また一段とお肥りになりましたね、と矢鱈に感心してみせる。事実、回復に向つて肥り始めてゐたのだが、親爺が大仰に感心してみせる度に、何だか此方は脹れた風船玉みたいな気分がした。

一度、庭の柿の実が赤くなり始めた頃、親爺にモオムの写真を見せてやらうと思つてゐたら、

親爺は例に依つて、肥つたと感心してみせた。

——こんなにお肥りになるんぢや、もう大丈夫ですね。

——さうとも決つてないさ。

——いいえ、もう安心でございますよ。肥つたつて云へば、この節、茶屋に行つた娘も肥つて参りましてね……。

——何だい、矢つ張り病気だつたのかい?

——いいえ、病気はいたしません。こなひだ、赤坊が産れましてね。

親爺の娘に就いてその后の経緯は知らないから、一足跳びに赤坊が出て来たのには驚いた。お蔭で、モオムの写真のことなぞ、悉皆忘れてしまつた。

——何だ、子供が出来たの……。

——ええ、お蔭さまで……。男の子なんですよ。

この「お蔭さま」は何だか変だと思ふ。それから親爺は、それ迄子供がゐないので家を外に遊び廻つてゐた茶屋の亭主も、この頃は真面目に家業に精出すやうになつた、と尤もらしい話をした。親爺にとつては初孫だから、余程嬉しかつたのだらう、何かと赤坊を話題にしたがる。しかし、当方は見たことも無い赤坊が利口か莫迦か、余り興味が無い。だから好い加減に聞いてゐた。

——あんなにちひちやくても、猫なんかより、よつぽど利口なんですね。

と、親爺が云つたが、猫と較べてどこが利口なのか、その辺の所を忘れてしまつたのは残念と云ふ他無い。

それよりも興味があつたのは、孫を持つた親爺が白毛染を使つてゐたことである。親爺の頭は天辺が薄くなつてゐるが、そこはお手のもので、片方の髪を寝かし附けて巧妙に真中の薄い所を隠してゐる。その髪はいつも真黒だが、これは白毛染を入念に常用してゐるかららしい。上から見ると、禿の部分に白毛染の黒が染込んで斑模様を作つてゐて、みつともない。傍で兎や角云ふ筋合のものでもないから、知らん顔をしてゐるが、親爺が白毛染を用ゐる理由はどこにあるのかしらん、と不思議に思ふ。

その翌年の春先だつたか、川つ縁の猫柳を想ひ出して見に行つた。その頃はもう散歩ぐらゐ出来るやうになつてゐるのである。何でも温い日で、小川沿の小径を歩いて行くと、麦畑の先の枯木立に浮雲が引掛つてゐて、何となく春先らしい気分がする。小川の水は白く淡濁つてゐて、その畔の野茨の細い枝に点点と小さな芽が附いてゐる。

何だか田園詩人みたいな気分になつて、行つてみると猫柳が見当らない。誰か掘つて持つて行つたのかどうか、影も形も無い。何となく散文的になつて街道へ出てみると、床屋の親爺が歩いて来た。

——おや、お散歩ですか？　今日は好い案配でございますね……。

と、親爺が云つた。

——川つ縁の猫柳、いつの間にか無くなつちやつたね……。

——さうなんですよ、あたしもね、こなひだ行つてみて気が附いたんですよ。水盤に活けようと思つて採りに行つたのだらう。

——どこへ行くんだい？

——ええ、今日は店が休だもんですからね、ちよいと町なかへでも行かうかと思つてるんですよ……。

親爺は灰色の角袖を羽織り、白足袋に雪駄と云ふ扮装で、晴の外出姿と云ふ所らしい。無論、頭の手入れも怠つてゐないから、街へ出掛けても余程の物好きでない限り、この親爺の黒い頭が実は斎藤別当実盛にあやかつたとは気が附くまい。冷かし半分に、

——お愉しみだね。

と云つたら、

——いいえ、この齢になりますと……。

と親爺は満更でも無ささうな顔をした。その顔を見たら、何だか白毛染にもちやんとした理由があつて、案外、娘ぐらゐの女性に会ひに行くのかもしれない、と云ふ気がする。親爺に別れたら、気持が中途半端になつたから、裏通伝ひに歩いて行くと、いつの間にかM駅近くに来てゐた。或は親爺の顔を見たとき、吉野園を想ひ出してゐたのかもしれない。兎も

角、ちよつと覗いて見ようと云ふ気になつて、駅前通に出るとぶらぶら引返した。

茶屋の前迄来ると、店先の板の間に女が二人坐つてゐて、袋に茶を詰めてゐるのが見える。一人は女中らしい若い女で、もう一人は頭に手拭を掛けた四十恰好の女である。

親爺の娘はゐないらしい……。

さう思つた途端に、その四十恰好の女が此方を振向くと、頭に掛けた手拭を取つて、にっこり笑つて頭を下げた。それが、親爺の娘だつたから、啞然とした。反射的に此方も会釈して、気が附いたら茶屋の前を通り越して、二、三軒来てゐる。

——どうも驚いたな……。

思はず口に出して云つた。

四十恰好に見えたのは地味な着物と手拭のせゐだが、どうやら娘は先妻——つまり叔母さんの着物をその儘用ゐてゐるらしい。顔を見ると、前より少し肥つたやうだが、紛れも無く若い女である。しかし、とても二十一、二の女には見えない。如何にもお内儀さんらしくて、前に二度ばかり見た洋服姿の娘とは別人のやうである。商売柄、そんな地味な作りにする必要があるのかどうか知らないが、或は、それが茶屋の亭主の好みなのかどうか判らぬが、兎も角驚いた。

それから、ぶらぶら歩きながら、親爺の方は髪など染めて浮き浮きと出掛けて行くかと思ふと、その娘の方はまた莫迦に婆さん臭い恰好をしてゐる、洵《まこと》に妙なものだ、と云ふ気がした。

親爺の店に行かなくなつたのは、いつからだかよく憶えてゐないが、何でも親爺が病気になつて暫く店を閉めたことがあつて、それから行かなくなつた。それに、小川沿の小径も車が矢鱈に通るやうになつて散歩どころではない。自然に足が遠退いて、親爺のことも知らぬ間に忘れてしまつた。

その親爺に久し振りに、ひよつこり、出会はした。四、五年前のことだが、娘と一緒にK町に行つて、モオツアルトのレコオドを買つて表へ出たら、毛糸の帽子を被つた爺さんが立停つて此方を見てゐる。挨拶をしたものかどうかと迷つてゐるらしい顔附で、何だか萎びたモオムみたいに見えた。

——暫くだね。

懐しいから声を掛けると、親爺も懐しさうな顔をして、帽子を脱いで挨拶した。言葉が聴き取り難いと思つたら、これから総入歯を入れるとかで歯が一本も無いのださうである。萎びて見えたのもそのためらしい。帽子を取つた頭を見ると、もう白毛染も必要としない状態で、従つて斑模様も抜けてさつぱりしてゐた。厚手のカアデイガンに下駄穿きと云ふ恰好である。親爺の傍に、十二、三の男の子が買物の袋を提げて、温和しく立つてゐる。

——お孫さん？

と訊くと、親爺は片手で口許を隠すやうにして、さうなんです、と嬉しさうな顔をした。茶屋に嫁いだ娘の長男らしい。もうそんなに年月が経つたのかと思ふ。

——奥様もお元気で……？

と訊かれたらしいから、女房は死んだよ、と云ふと親爺は眼の前の虫を追払ふやうな手附をして、よく聴いてみると、

——そんなの嘘でございますよ。

と云つてゐるから、これには面喰つた。

——本当だよ。

——へえ……？

それから、二、三度頭を下げて何か喋つてゐたが、ふがふがして判らない。何を云はうとしてゐるのか大体の見当は附くから、判つたやうな顔をしてゐたが、案外、別のことを喋つてゐたのかもしれない。

歯無しの親爺とでは話にならないので、それから直ぐに別れたから、親爺が何をしてゐるかも訊かなかつた。しかし、見たところ旨くやつてゐるらしかつた。ただ、親爺が何だか気掛りらしく、ちよいちよい娘の方を見るのに気附いてゐたから、別れる前に、

——娘だよ。

と教へてやると、途端に安心したやうな顔をしたから不思議でならない。大学生の娘を、一体何者だと思つてゐたのだらう？　さう云へば、最初に挨拶したものかどうか迷つた様子をしてゐたと想ひ出して、

——ははあ……。

と合点が行つて、何だか可笑しかつた。どうやら親爺は飽く迄僕を誤解してゐるらしい。娘が、あれ誰なの？　と訊いたから、うちに来たことのある床屋の親爺だと説明してやつたが、娘は憶えてゐないらしかつた。

〔1969（昭和44）年4月「婦人之友」初出〕

山のある風景

庭に一羽の鳥が来て、柿の蔕《へた》とか梔子《くちなし》の実を啄んでゐた。雀の三倍くらゐの大きさで、見たところ黒つぽい鳥だが何と云ふ鳥か知らない。図鑑を引張り出して見たがよく判らない。判らぬ儘漫然と頁を翻してゐると、鶺鴒《せきれい》の図が眼に附いた。それを見たら、鶺鴒と云ふ鳥は見掛けたことがあると想ひ出した。尤も、それが本当に鶺鴒だつたかどうか、自信は無い。

いつだつたか、浅間山麓の横井さんの別荘を訪ねたとき、朝の散歩に出た。霧の流れる朝で浅間は見えない。見えない浅間に背を向けて少し降つて行くと、小川の先に畑があつて、そこに黒と白の小鳥が一羽ゐた。畑は余り大きくない。灰色の土が幾筋か畝を作つてゐるが、何が植ゑてあるのか判らない。しかし、前日の夕方、一人の農夫が大きな木製の如露みたいなもので水を撒いて歩いてゐたから、何か植ゑてあることは間違無い。

黒と白の小鳥はその畑の畝にちよんと乗つて、何か啄んでゐた。ちよこちよこ歩いては、また啄む。雀より少し大きいかもしれない。背中が黒く腹が白い。

——あの鳥、知つてるかい？

同行の友人に訊いたが、無論、知らなかつた。この友人と一度動物園に行つたことがある。上京してから——何年になるか知らないが、動物園を見たことが無いから一遍行つてみたいと云ふ。そこで一緒に行つた。小鳥が一杯入つてゐる小屋を覗いてゐると、

——あれは何と云ふ鳥ですか？

と訊く。見ると、紛れ込んでゐたらしい雀であつた。雀を知らぬ男に黒と白の小鳥を訊いても判る筈が無い、と思つてゐたら、

——あなたは御存知ですか？

と開き直つたのには驚いた。

途端に、黒と白の小鳥が威勢良く五、六米走つた。走つたと云ふよりは、畝の上を五、六米滑走したと云つた方がいい。何故そんなことをしたのか、見当が附かない。

横井さんの家に戻つて、その鳥の話をすると、横井さんの奥さんが、

——それは鶺鴒ぢやないでせうか……。

と云つた。横井さんも烟草を喫みながら、

——さう、きつと鶺鴒だ……。

と相槌を打つた。だから、僕も鶺鴒だつたらうと思つてゐる。

夏の休が近くなると、横井さんが僕に云ふ。

——どうですか、今年は？　いつ頃、来ますか？

われわれの間では説明を必要としないが、横井さんの別荘にいつ頃遊びに来るか、と誘つて呉れるのである。その結果は、ではお言葉に甘えまして、と云ふことになつて出掛けて行く。初めて横井さんの別荘を訪ねたのはいつだつたか、はつきり憶えてゐない。この頃、横井さんは胃の調子が怪訝《おか》しいとかで酒を節してゐるが、その頃はまだ盛んに酒場から酒場へと足を運んでゐたから、もう十年ぐらゐ前になるかもしれない。

多分その頃だと思ふが、横井さんを主賓とする内輪の会合があつて、或る料亭で愉快に飲んでゐた。その席で横井さんが僕に、夏はどうするのか？　と訊いた。

——さあ、別に予定はありません。

——それぢや……。

浅間山麓に家があるから、遊びに来ないかと云ふ。或は、別荘が出来て間も無い頃だつたかもしれない。

——何だ、別荘があるんですか？

——いやいや、と横井さんは手を振つた。別荘なんて云ふもんぢやありません。しかし、涼しくていい所ですよ。それに、俗化してゐないからいい。

それでは是非伺ひませう、と云ふことになつて乾杯して、気が附くと横井さんの姿が見当らない。主賓の挨拶を必要とするやうな会ではないが、どこに消えたのか判らないのは困る。その裡に、横井君はどうした？　横井さんはどこに行つたんだらう？　と云ひ始める人も出て来た。なかには、ヨコチンスキイはどうした？　と云ふ人もある。

横井さんは僕と同じ学校に勤めてゐて、露文科の先生である。僕より大分先輩に当るが、横井さんと同年輩の人のなかには、ロシアに敬意を表してヨコチンスキイと呼ぶ人もゐるのである。兎も角、二、三人で廊下に出て探すことにした。初夏の頃だつたから、座敷の障子は大抵開けてある。

——ゐた、ゐた。

と一人が云ふから、見ると横井さんがよその座敷に坐り込んでにこにこ笑つてゐる。ただ笑つてゐるのではない、隣の頭の禿げた男と大声で、じやんけんぽん、とじやんけんをして、負けては頭をぴしやんと叩かれて笑つてゐるのである。

——もう一回……。

横井さんは意気込んで、じやんけんぽん、とやるがまた負けてしまふ。三、四回やるのを見てゐたが、一遍も勝てないのは焦れつたかつた。恐らく、手洗にでも立つたとき知人の顔を見附けて、その座敷に坐り込んだのだらうと思つたが、その儘では困るから適当に横井さんを連出した。

——ああ、愉快だつた。

廊下を歩きながら、横井さんは好い機嫌であつた。

――横井さんは負けてばかりゐましたね。

――さう、あの禿頭をぴしやんとやりたかつたんだけど残念だつた。

――あれは誰ですか？

――誰ですかね？　名刺を貰つたけれど、どこへやつたかしら？

あちこちポケットを探つてゐたが出て来なかつたから、先刻の座敷に忘れて来たのだらう、と云ふことになつた。何でもその座敷の前を通り掛つたら、じやんけんぽん、が面白さうなので、ついふらふらと知らぬ他人の宴席に這入つて行つたのださうである。

その料亭を出て、或る店に行つた。横井さんが汗を拭かうとして半巾を引張り出したら、紙片が床に落ちた。それが例のじやんけんの相手の名刺と判ると、横井さんはその名刺をカウンタアの上に載せて、ぴしやん、と叩いて嬉しさうな顔をした。

横井さんの別荘は、旧い街道に面した所にある。街道に面したと云ふが、道から少し上つた所に熔岩で造つた門があつて、建物は街道から少し引込んだ所にある。初めて訪ねた頃は、夜、前の狭い街道をトラツクが地響を立てて通つてゐたが、現在は国道が出来たから、旧い街道はひつそりしてゐる。車も滅多に通らない。

だから、少し大声で談笑しながら通る人間がゐると直ぐ判る。現に僕と話しながら、横井さんが身体を捻つて往来の方を見ることがよくあつた。玄関の格子戸はいつも開けてあるから、横井さんが身体を捻ると通る人が見えるのである。

——いま通つたのは某さんと云つてね……。これが面白い人なんだ。

横井さんはそんな話を始める。これが森君のやうに甲高い笑声の持主だと、姿は見えなくても遠くから判つてしまふ。

或るとき、横井さんと話をしてゐたら、お茶を持つて来た奥さんが、

——時鳥が啼いてゐますよ。

と、教へて呉れた。時鳥は、てつぺんかけたか、と啼くのださうだがまだ聞いたことが無い。話を止めて耳を澄してゐると、けたたましい声がした。何だか聞いたことのあるやうな声で、時鳥にしては変だと思ふ。横井さんが膝を叩いて、

——あれは森君だ。もり・ほととぎすだ。

と笑つた。成程、表の方を見てゐると、それから間も無く買物袋から野菜を覗かせた森君が門から、横井さん、ゐますか？　と這入つて来た。横井さんの奥さんは下を向いてくすくす笑つたし、われわれも何となくにやにやした。

真逆、横井さんの奥さんが森君の笑声と時鳥の啼声を間違へる筈は無いから、その后幾ら耳を澄しても時鳥の啼声が聴かれなかつたのは、時鳥が森君の笑声に驚いて沈黙したのだらう。さう云つたら森君は、

と、甲高い声で笑つた。この森君も同じ学校の仏文科の先生で、横井さんの別荘から歩いて三十分ほど行つた所に別荘を持つてゐる。その博学――殊に動植物に関する知識には、われわれは一目も二目も置いてゐるのである。森君がパイプを咥へて、

――何云つてんだい。

――それはかうですよ。

と云つたら、その通りであつて先づ間違無い。縦《たと》へ間違つてゐたとしても、誰も森君に匹敵する知識の持合せが無いから、結局は間違つてゐないのと同じことになる。一度、友人の一人が、

――しかし、植物辞典を見ると……。

と異論を唱へたことがあつたが、そのとき森君はパイプ片手にたいへんつまらなさうな顔をした。

――だつて、君、辞典とか図鑑なんて、当にならないのが多いよ。

その森君が、横井さんの別荘はその近在で最も涼しい、と保証するのだから間違は無い。事実、横井さんの家はたいへん涼しかつた。北と東と南と三方が開いてゐて、風が吹抜ける。ときには、昼間でも寒くなつて窓を閉めることがあつた。

街道に面した北の窓からは、正面に浅間山が見える。頂上附近はいつも雲に包まれてゐて、全貌を現すことは余り無い。尤も、僕は夏の二、三日泊めて貰ふだけだから、いつも、と云ふのは当つてゐない。僕の見た限りでは、と云ふべきかもしれない。

南の濡縁の先は庭で、その先に畑がある。この庭と畑越しに、遠く低い山が連つてゐるのが見える。畑の先に国道があるが、横井さんの所は高台になつてゐて、国道はその下を通つてゐるから見えない。遠い山裾をときどき汽車が通る。汽車は莫迦に小さく見える。

——あれは何時何分の上りだ。

横井さんはさう云つて、机の上の腕時計を覗いたりする。上りはゆつくり動いて行くが、下りの方は大分早い。或るとき、涼しい風に吹かれて、山裾を長い貨物列車がのろのろと動いて行くのを見てゐたら、横井さんが、

——あんたも早く別荘を造りなさい。

と云つたので吃驚した。

——とてもそんな余裕はありません。

——なあに、その気になれば訳はありませんよ。

横井さんは当方の懐具合なぞ一向に顧慮しない

——第一、健康に好いし、それに涼しいから仕事もよく出来ますよ。

確かそのとき、横井さんは前から取掛つてゐてその夏中に片附けなければ不可ない翻訳か何かの仕事を持つて、別荘に来てゐた。棚にロシア語の本とか辞書の類も何冊か載せてあつた。涼しいから、その仕事も大いに捗るのだらうと思つてゐた。

翌年の夏、横井さんの別荘を訪れて棚の辞書を見たら、その仕事のことを想ひ出した。

――あれはどうしました？　去年、この夏中に片附けるとか云つてた翻訳の……。

――ああ、あれ……。

横井さんは首をすくめて、悪事の露見した悪戯つ子みたいな顔をした。

――実は、まだ出来てないんだ。

話が少し怪訝しいと思ふ。

――随分、のんびりしてますね。いいんですか？　もう一年になりますよ。

――いや、よくないんだ。本屋はかんかんに怒つてゐます。

――そりや怒るでせうね。

――ところが、どうも旨くないんだ。高校野球があるからテレビを観なくちや不可ない。野球が終ると何となくぐつたりして、手持無沙汰になつて、机に向ふと胃の辺りが怪訝しくなる。それで涼しいから午睡ばかりしてしまふ……。気が附くと、もう休は終つてゐると云ふ訳です。

何だか、涼しいから仕事もよく出来る、と云つた人とは別人のやうなことを云ふ。しかし、横井さんのその心境は大いに判る気がした。何でもその仕事はその夏も持越して、冬になつて東京の自宅でやつと完成したのださうである。

横井さんの別荘の庭には、秋の七草が植ゑてある。それから杏の木が一本あるが、これは植ゑたのではなくて、どこかの子供が種子を捨てたのが成長したらしい。庭の先の畑は、知合の農夫が作つて呉れたとかで、朝、横井さんの奥さんが茄子とか胡瓜を持つて、畑から戻つて来るのを見ることがある。辺り一面露に濡れてゐて、朝陽を浴びた右手の巨きな樹立のなかで尾長が喧《やかま》しく啼いてゐる。

巨きな樹立は畑の右手にあつて、隣の地所との境に五、六本並んで立つてゐる。一度、

——あの木は何ですか？

と訊いたら、横井さんは奥さんを呼んだ。

——あの木は何だい？

——檜と、それから榧《かや》ぢやないでせうか。

——さう、檜と榧かもしれない。

横井さんは相槌を打つた。

——でも違つてるかもしれませんよ。森先生にお訊きすると、間違無いんですけれども……。

森君の博学には奥さんも敬意を払つてゐるのである。その后で、横井さんは想ひ出したやうに、

——どうも、植物の名前つて云ふのはなかなか判らないね……。僕なんかさつぱり判らない。

と云つて、それから、ロシアで会つた作家の話をした。横井さんは何年か前にロシアに行つたとき、或る作家に会つた。確かレオノフだつたと思ふが、間違つてゐると不可ないから、或る作家にして置く。その作家と話してゐると、たいへん植物に詳しい。横井さんが感心するとその作家は、小説を書く人間が植物のことぐらゐ知らなくてどうするか、と笑つたさうである。

その作家の家の広い庭園には、植物園のやうにさまざまの木や草花が植ゑてあつて、そこを案内しながら横井さんに、自分は植物が大好きだ、と告げたと云ふ。

——その話し振りも好い感じでしたよ。

と、横井さんは云つた。そのときは、例の動物園に行つた友人と一緒に横井さんの別荘を訪ねてゐたから、その友人も傍に坐つてゐて、横井さんに、

——そこには白樺もありましたか？

と訊いた。

——ええ、ありましたよ。尤も、あれはわざわざ植ゑたんぢやなくて、自然に生えてゐたんだらうが……。

それを聞いたら、些か気になることがあつた。その日の朝散歩に出て、例の黒と白の小鳥を見掛けたのだが、帰り掛けに、路傍に白樺があるのを見附けた。一尺ばかりのひねこびた小さい奴が四、五本生えてゐる。

横井さんはさつぱり判らないと云ふが、僕の植物に関する知識は更に貧弱である。ところが、この友人はその僕に質問するくらゐだから、下には下があると思ふ。散歩してゐても矢鱈に訊くから、たいへん迷惑する。

——あれは何ですか？

——あれは、ななかまど、だらう……。

無論、自信は無い。

——あれは何ですか？

——あれは、山毛欅《ぶな》ぢやないかな……。

これも自信は無い。しかし、一つ自信を持つて答へた木がある。旧い街道に面した旅館の庭にある白樺を見て、

——あの白い木は何ですか？

と訊いたから、あれは白樺だと教へてやつた。白樺を知らないのには呆れたが、何でも生れて初めて白樺を見たと云ふことで尠からず感心してゐた。だから、路傍のひねこびた一尺ばかりの木を見たとき、これも白樺だと教へてやつたのである。友人は身を屈めて仔細にその木を眺めてゐる恰好だつたが、顔を上げて云つた。

——でも、白くありませんね……。

——そりやさうさ。白樺は大きくなるにつれて白くなるんだ。小さい裡は白くない。白鳥と同じでね。これなら抜いてつて植ゑられるね……。

——いいことを伺ひました。后で採りに来ませう。持つて帰つて庭に植ゑます。

友人は莫迦に乗気になつてゐた。横井さんがロシアの作家の話をしたとき、白樺もあつたか？と訊いたのはこの白樺が頭にあつたからだと思ふ。

翌日、その日の午后東京に帰るので、朝の裡に白樺を掘りに行くと云ふ友人に随いて行つた。

しかし、些か気掛りなことがあつたから、街道沿の旅館の前を通るとき、庭に入つて白樺の葉を二、三枚千切つて持つて行くことにした。友人はどう思つたのか知らぬが、その葉が気になるらしい。

——その葉つぱはどうするんですか？

——いや、何でもない。

国道を渡つて露に濡れた草の径を下つて行くと、路傍に目的の一尺ばかりの白樺があつた。改めて見直すと何の取柄も無い田舎路で、どうも白樺の生えてゐさうな場所らしくない。友人は持つて来た小さなシヤベルで掘始めようとして、それから、疑はしさうに僕の手の葉を見た。

——ちよつと貸して下さい。較べて見ますから……。

さう云はれなくても自分で較べて見る心算でゐたのだが、先を越されたのは面白くなかつた。仕方が無いから友人に葉を渡すと、両者を附合せて見てゐたと思つたら、

——驚きましたね、全然違ひますよ。

友人は呆れたが、友人以上に僕も呆れた。見ると、成程違ふ。どうしてそんなことになつたのか見当も附かない。

——早く判つて助かりました、と友人はにやにやした。掘つて大事に東京へ持つて帰つて、それが白樺でないと判つたら精神的打撃が甚大ですからね。それとも……、大きくなるにつれて白くなると云ふのが本当だとすると、この葉つぱも大きくなるにつれて変形するんぢやない

でせうか？

そんな譫言は聴きたくないから歩き出したら、友人は背後から、

——白樺ぢやないとすると、この木は何ですか？　白樺もどき、でせうか？

なんて云つてゐる。

下らぬ木なぞどうでもいいので、それより、もう一度黒と白の鳥を見ようと思つたのだが、畑に鳥の姿は無かつた。その替り、もんぺを穿いて頭に手拭を掛けた農家のお内儀さんらしい女がゐて、畑の外れの玉蜀黍《たうもろこし》を何本か抜いたのを抱へて此方へ歩いて来た。実の附いてゐない玉蜀黍をどうするのか知らないが、引返すわれわれは正面に浅間を見ながら、その女の後から歩いて行く恰好になつた。

少し行くと、左手に青いトタン屋根の農家が一軒ある。女はその庭に這入つて行つた。母屋の右手に小屋があつて、山羊が一頭繋がれてゐる。お内儀さんはその小屋に這入つて行くと、山羊に玉蜀黍を与へた。浅墓なもので、山羊は玉蜀黍の茎を美味さうにむしやむしや食つてゐる。その間に、お内儀さんは馴れた手附で、山羊の後足の一本を小屋の柱に括り附けてしまつた。

それから、青い瀬戸引の容器を山羊の傍に持つて来て、蹲踞んで乳を絞り始めた。肝腎の手許は女の背中に隠れて見えない。ただ、山羊が矢鱈に玉蜀黍の茎を食つてゐるのはよく見える。上でむしやむしやりながら、下から乳を出してゐるのは何とも可笑しかつた。思はず声を出して笑つたら、友人も笑つて、

——いや、あの白樺は傑作でした……。

と云つた。どうも気持がちぐはぐになつて不可ない。

坐つてゐて、眼を上げると山が見えると云ふのは悪くないと思ふ。その山が次第に昏れて行くのを見るのも悪くない。横井さんの所では、夕暮になるとビイルを御馳走になつた。北の浅間山も南の遠い山も次第に黒ずんで来て、遠い山裾にぽつんぽつんと灯が点る頃になると、

——電気を点けますかね。

と横井さんが云ふ。それから、障子や窓を閉めて電気を点ける。閉めて置かないと、虫が沢山這入つて来るのである。或るとき、窓を閉めてビイルを飲出したら、横井さんが笑つて云つた。

——虫つて云へば、渡部さんの話聞きましたか？

——いいえ。

話を聞くと、渡部さんの所では、虫が屋内に這入つて来ないやうに、ヴエランダの先に何とか燈を取附けたのださうである。何でも在来の誘蛾燈と違つて迥かに高尚な奴なのださうで、渡部さんもこれからは虫に悩まされずに済むと安心してゐたらしい。ところが案に相違して、いま迄より沢山這入つて来る。気が附いたら、虫共はみんなその何とか燈を敬遠して、屋内の灯を慕つて集つて来る。

——どうも驚きました。

と、渡部さんは苦笑したさうである。訊いてみると、その何とか燈は虫の嫌ひな光だか何かを発散するので、虫共がそれを敬遠したのは当然のことらしい。敬遠してどこか遠くへ行つて呉れれば問題は無いが、眼と鼻の先に屋内の灯が見えるから、虫共とすれば懐しがるのも無理は無い。

渡部さんが全面的に虫を追つ払ふ心算で何とか燈を附けたのか、高級なる誘蛾燈の心算だつたのか、その辺の所は判然としないが、何れにせよ、渡部さんらしからぬ失敗である、と云ふのが横井さんの結論である。

——あの冷静で賢明な渡部さんにして……。

と、横井さんは嬉しさうな顔をした。

——あの渡部さんがね……。

と、僕もにやにやしたと思ふ。

渡部さんは横井さんと同年輩で英文科の先生である。端然とした英国風紳士と云ふ定評があつて、間違つても失敗には縁の無ささうな人物だから、何故そんな失敗をやつたのかさつぱり判らない。

渡部さんの別荘には、横井さんと二、三度行つたことがある。旧い街道から浅間に向ふ路を上つて行く途中の林のなかにある。浅間に向ふ路は他にも幾つかあつて、何れも林のなかを辿つて行くと上の林道に出る。その先は林が切れて、眼前に浅間山が大きく立ちはだかつてゐる。

浅間を見ながら林道を歩いて行くと、八月も半ば過ぎの頃は秋風が吹いて、薄の穂が揺れてゐる。昔、学生の頃、上野の展覧会に行つたら、薄の穂が一斉に風に靡いてゐる向うに浅間山の見える画があつた。見てゐると、秋の風が吹いてゐる感じがしてなかなか佳かつた。誰の画か忘れたが、「特選」と云ふ金紙が附いてゐたと思ふ。薄の穂越しに浅間を見ると、その画を想ひ出すことがある。

林道は下の街道と平行してゐるらしいから、ぶらぶら歩いて適当な路を下つて来ると街道のどこかに出る。横井さんの所に行くと、決つてその道を歩くのである。

横井さんと一緒に渡部さんの所に寄つたのは、その散歩の途中だつたと思ふ。一度は渡部さんが独りで別荘に来てゐるときで、そのときはまだ何とか燈は取附けてなかつた。雑木林に囲まれたヴエランダで、お茶替りにと出されたウヰスキイを飲んでゐると、しいんとしてゐるなかで、ときどき小鳥の声がした。

何でもいろんな小鳥がゐるのださうで、渡部さんからその話を聞いたがはつきり憶えてゐない。憶えてゐるのは、戸袋のなかに小鳥が巣を作つてゐたと云ふ話である。

渡部さんの家は横井さんの所と違つて洋風だが、用心のために雨戸が附いてゐる。その夏、別荘にやつて来て、渡部さんが雨戸を開けようとすると何か引掛るやうな気がした。よく見ると、戸袋のなかに四十雀《しじゆうから》の巣があつたさうである。その詳細は忘れてしまつたが、その話を聴いたときは如何にも林のなかの家らしい感じがした。

われわれの帰るとき、渡部さんは、

——私もちよつと散歩に出ます。

と一緒に出た。横井さんは浴衣掛の恰好で、僕も横井さんに借りた浴衣を着てゐる。しかし、渡部さんはちやんと皮の靴を穿いてステッキを持つてゐる。別荘の前の径で別れたが、渡部さんはステッキを振りながら、ひつそりとした林のなかの径をゆつくり向うへ歩いて行つた。

失敗に縁の無い筈の渡部さんは、その后もう一度失敗をやつた。何でも、夏が終つて東京に引揚げるので家のなかの整理をしてゐるとき、高い棚に何か載せるため台の上に乗つた。ところが、その台が不安定な奴で、転げ落ちて腰かどこか痛めたのである。横井さんからその話を聞いて、不思議でならなかつた。

渡部さんは東京に帰つて暫く入院した。横井さんと見舞に行くと、渡部さんはいい血色をして静かに臥てゐた。

——渡部さんが落つこちるなんて、どうも変ですね……。

と云ふと、渡部さんは笑つて、落つこつた理由をたいへん論理的に説明して呉れたが、それが余りにも論理的だつたので、却つて一向に想ひ出せないのは残念である。僕からすると、大体不安定な台に渡部さんが乗つたと云ふことが理窟に合はない。

横井さんが何か冗談を云つたら、渡部さんは声を立てて笑つて、患部が痛んだのか、

——ああ……。

と、顔を顰《しか》めた。

横井さんの家を出て左に少し行くと、街道に面して旅館とか商店が何軒かあつて、それから古ぼけた総二階の家も何軒かある。格子の入つた二階が階下より迫出してゐて、そんな古い家を見ると昔茲が宿場だつたことを想ひ出したりする。向日葵が咲き、カンナが咲き、白粉花の咲く白い街道を赤蜻蛉が飛交つてゐる。

用事があつて街道沿の店に来る人は、何となく横井さんの家を覗くらしい。横井さあん、ゐますか？　と往来から存在を確めて置いて、

——ちよつと手紙を出して来るから……。

と、帰りに寄る人もある。僕の行つてゐるとき、森君も二度ばかり覗いた。二度とも買物袋に野菜その他の食糧品を入れて持つてゐた。いつも一人で別荘に来てゐるので、街道の店迄自分で買物に来るのである。

——ひとつ、これから森君の所に行つてみようか？

と横井さんが云つて、訪ねたことがある。森君の家は旧街道を右へ歩いて行つて、国道を横切つて行つた先の森のなかにある。森に入ると流の早い小川があつて、その辺に何軒か家がある。小川に架つた丸木橋を渡ると、その先に森君の別荘がぽつんとあつた。入口の扉が開いてゐて、声を掛けるより先に森君はわれわれを見附けた。

——やあ、どうも……。

或るとき、森君の先輩の一人が森君の別荘を評して、チヤタレイ夫人の森番の小屋と云つた。実物を見たらそれを想ひ出して、成程と納得が行つた。それから、別荘にもいろいろあるものだ、と感心した。尤も、その先輩が森君をメラアズだと云つた訳では無い。

森君の別荘は部屋は四畳半ばかりの板の間が一つあるだけで、そこに木のベッドと木の丸い卓子と机と、それから椅子が三脚ばかりあるから、それだけで満員である。その他に押入と手洗があつて——全部で三坪だよ、と森君は笑つた。片隅の棚に食器が載せてあつて、フライパンとか鍋が掛けてある。別荘と云ふよりは確かに森番の小屋の感じで、それなりになかなか趣があつて悪くない。

横井さんと僕は椅子に坐つて、森君の淹れて呉れた、牛乳のたつぷり入つた珈琲を飲んだ。フランス語の本が数冊載つた机の上のコツプに、水引草と一緒に濃い朱色の花が挿してある。

——これは何だい？

——通称、高原の女王、つて云ふんだ。本当の名前は……。

と教へて呉れたが、生憎憶えてゐない。右手と左手に窓があつて、森のなかの樹洩れ陽が揺れてゐるのが見える。窓の外には雨戸は無いと見えて、板戸を押上げて棒で支へてある。蔀《しとみ》と云ふ訳だらう。

——平安朝だな。

と冗談を云ふと、森君はパイプを口から離して、

――ああ、こんな仕掛ぢやチヤタレイ夫人も来ないね。

と甲高い声で笑つた。

――来ない、来ない。

と、横井さんも嬉しさうに云つた。

この別荘では、森君も家族と一緒と云ふ訳には行かぬから、いつも一人で来るのだらう。尤も、もつと大きな家だとしても、森君の所には奥さんと二人の娘さんの他に、犬が二頭と猫が六匹ゐるから、それ迄連れて大移動するのはなかなか難しいと思ふ。

森君の東京郊外の家には何度か行つたことがあるが、初めて二頭の犬の歓迎を受け六匹の猫の横行してゐるのを見たときは、尠からず驚いた。而《しか》も、その犬や猫が残らず雌だと聞いたときは唖然とした。

――さうすると、男は君一人か？

――うん、うちは母系家族でね。

森君は一向に驚かない。テラスの横に小さな池があつて金魚が十匹ばかりゐるから、試みにその雌雄を訊ねたところ、よく判らないが多分雌ばかりだらうと云つた。何年も飼つてゐるが一向に増えないからと云ふのがその理由だが、森君からすると雄ばかりとは考へられないのである。

森君の所で酒を出されて飲んでゐると、猫が近くにずらりと並んで此方を見てゐる。

——ミカ、来い。

森君が一匹を呼んで皿の上のものをやつたら、テラスから覗いてゐた犬が猛烈に吠えた。前に森君とよく行つた酒場に、ミカと云ふ女がゐたのを想ひ出した。

——ミカつて云ふ女がゐたね……。

——うん、あの名前を採つたんだ。頭が悪くてね……。

——誰が？

——いや、この猫だがね……。

話を聞くと、六匹の猫にはそれぞれどこかの酒場の女の名前が附いてゐるらしかつた。奥さんの話だと、自宅で酒を飲むとき、森君は六匹の猫を傍に侍らして好い機嫌なのださうだが、真逆六人の女性に取巻かれてゐる心算でもなからうと思ふ。流石に犬に迄酒場の女の名前を附ける気は無いらしく、片方はトトと云つて、もう一匹は、聞いたが忘れてしまつた。

——トトつて、変な名前だな……。

何でも沖縄で——可愛い、と云ふ意味の言葉だと云ふ。何故森君がそんな言葉を知つてゐるのか知らないが、案外、酒を飲みながら沖縄の女性に聞いたのかもしれない。

——世のなかには、お節介な奴がゐてね……。腹が立つよ。

と、森君が憤然とした。理由を訊くと、そのトトという名前は宜しくない、と云つた男がゐるらしい。雌犬だから須《すべか》らくカカにしろと云ふのださうで、

——全くものを知らない奴に会つちや敵《かな》はないよ。

と、森君はいきり立つた。

いつだつたか、森君から電話が掛つて来て、君の家に帽子を忘れなかつたらうか？　と云ふ。その前の晩、森君と街で遅く迄飲んで、その帰りに森君は僕の所に寄つてウヰスキイを飲んで行つた。それは憶えてゐるが、その他は何も憶えてゐない。うちの者に訊くと、森君はちゃんと帽子を被つて帰つたと云ふから、電話口でその旨を伝へると、

——それぢや、タクシイのなかかな？

と、森君が云つた。

——風邪引かないやうにしろよ。

——風邪……？

——帽子が無いと頭から風邪引くよ。

——莫迦云へ。

向うの電話口で森君が薄い頭を押へるのが見えた気がした。森君の帽子は森君がフランスに行つたとき買つた茶色の皮の鳥打帽子で、昨夜帰り掛けに森君はうちの者にその帽子を大いに自慢したさうである。

何日かして森君に会ふと、ちやんと帽子を被つてゐた。

——どこにあつたんだい？

と、森君は何だか中訳無ささうに云つた。酔つて帰つて犬と遊んでゐる裡に、森君が犬に帽子の保管を頼んだのか、或はトトかもう一方の犬が主人の帽子をちよいと失敬したのか、森君の記憶が鮮明でないのが残念だが、多分そんなことだらうと思ふ。

森君の森の小屋には、その后もう一度行つた。そのときは横井さんの他に西田君も一緒に行つた。横井さんは胃の具合を悪くして、一夏都心の病院に入院したことがある。友人の西田君と見舞に行くと、神妙に寝てゐる筈の横井さんは、一階の広い待合室のベンチに坐つて、テレビの高校野球の試合を熱心に観てゐた。何しろ、翻訳が一年延びても野球は観るくらゐの人物だから、少しばかり胃が変だからと云つて寝てはゐられなかつたのだらう。そのとき、浅間山麓の別荘の話が出たら、横井さんは来年は是非二人で遊びに来いと誘つて呉れた。それでは二人で伺ひます、と云ふことになつて、翌年の夏、西田君と汽車に乗つたのである。

西田君は渡部さんの大分後輩で、同じ英文科の先生である。信州は初めてださうで、汽車の窓から浅間山を見て感心したのを手初めに、矢鱈にいろいろと感心した。横井さんの別荘の涼しい風に感心し、街道の古ぼけた家に感心し、ひんやりした巨きな森のなかにある昔の遊女の墓にも感心した。

街道沿の一軒の家の縁側に、金網を張つた箱が置いてあつて、そのなかに雉子の雛が五、六羽入つてゐる。それを見ても感心した。尤も、雉子の雛と判つたのは傍にゐた爺さんに訊いたからである。

――へえ、山で捕つて来ただ。

と、爺さんは烟管《きせる》で烟草を喫みながら教へて呉れた。雛は灰褐色であちこちに黒い斑点が附いてゐて、狭い箱のなかで窮屈さうにしてゐた。

無論、西田君は森君の別荘にも感心した。一番感心したかもしれない。森君の所に行くときは途中街道の東の外れで国道を横切るのだが、いつの間にかそこにドライヴ・インの立派な建物が出来てゐる。

――こんなものが出来たんですね……。

――僕も今年来て見て吃驚した。

横井さんとそんな話をしながら行つてみると、生憎森君は留守で扉に鍵が掛つてゐた。小屋の傍の木から木へ綱を渡して、それにタオルとか襯衣が干してあつた。森のなかは明るい光が水のやうに揺れてゐる。

――いやあ、これは……。

と、西田君は別荘を見て感心した。例の蔀は上つてゐるから、窓硝子越しに内部は見える。西田君はなかを覗いたり、小屋全体を眺めたりして、いいですね……と繰返してゐた。扉の近くに水を張つた洗面器があつて、そのなかに森君が採つて来たらしい植物が何種類か漬けてある。何でせう？　と西田君が訊いたが横井さんは知らなかつたし、無論、僕に判る筈が無い。翌日森君に会つたとき訊いたら、ごぜんたちばな、まひづるさう、なつのはなわらび、つばめおもと……その他まだまだあると云ふから、もういいよ、と願下げにした。

——森さんの自宅は林のなかで、別荘は森のなかで、いやあ、どうも植物に通じてゐる人は違つたものですね……。

と、西田君は感心してゐたが、云はれてみるとその通りで、森君の東京郊外の家の広い庭は雑木林になつてゐる。家を建てるとき、前からあつた雑木林を残して、その奥に住居を造つたのである。葉の茂つた頃通から見ると、その奥にある筈の家は全然見えない。

雑木林のなかには小径が出来てゐて、あちこちに森君の採つて来た植物が植ゑてある。浅間で採集した草花も、そのなかにあるのだらうと思ふ。或るとき、森君に随いて小径を歩きながら講釈を聴いてゐると、森君は一本の五尺ばかりの若木を指して、名前が判らない、どうして生えたかも判らないと云つた。

——これはポポだよ。

——へえ、ポポか……。よく知つてるね。

自分の家の庭にある木ぐらゐ、知つてゐるのである。森君に教へてやつて好い気分だつたが、こんなことは后にも先にもこれ一遍しか無い。その后で御馳走になつてゐるとき、

——あれはポポださうだよ。

と、森君が奥さんに報告すると、奥さんも、さう云へば前にポポの実を捨てたことがあつたと想ひ出して、何故生えたかの理由も判明した。何となく功徳を施したやうな気分でゐたら、

——真逆、と思つても、矢つ張りものは訊いてみるもんだな……。

と、森君は少しばかり気になることを云つた。

森君の話だと、二十年ばかり前森君が家を建てた頃は、その辺一帯は雑木林だつたらしいが、いまは悉皆住宅地になつてゐる。しかし、歩いて二、三十分の所に森があつて、森君はよくそこを歩くらしい。一度、二、三人で訪ねたときその森に連れて行かれた。低い丘一帯がかなり深い森になつてゐて、うつかりすると、どこか遠い山のなかにゐる錯覚に陥りかねない。この森を森君は恰《あたか》も我家の庭の如く心得てゐて、われわれを案内しながら、

——この先に、ほととぎすの一杯生えてゐる所があるよ。

と云ふ。それから、きんらんはどこにある、ひとりしづかはどこ、とちやんと承知してゐるのには驚いた。

げんのしようこの生えてゐると云ふ凹地に降りて行つたら、森君が、

——あ、小綬鶏《こじゆけい》だ。

と云つた。見ると二羽の小綬鶏が一定の間隔を置いて、赤土の斜面をよちよち上つて行つて、上の熊笹の茂みに隠れてしまつた。

横井さんの別荘を何遍訪ねたか憶えてゐないが、散歩しても林道より先に行つたことは一度も無い。だから、林道と云ふのはその一本しか無いと思つてゐたのだが、それに平行してその上に何本もあるらしい。それが判つたのは、翌日の朝、横井さんの家に森君がやつて来て、西田君も一緒に水源と云ふ所迄登つたからである。

横井さんは前にそこ迄浴衣に下駄穿きで登つたと云ふから、此方もその心算でゐたところが、森君を見ると頑丈な靴を穿いて、ルック・サックを背負つて菅笠を被つてゐる。案内役の森君がその恰好なのに、こちらが下駄穿きでは申訳無いから靴を穿いて出掛けた。

背の低い林を出て、二番目の林道だつたかに出た所に、娘さんが二人ゐて画を描いてゐた。浅間山に向つて芝草に腰を降し、膝に画板を載せて絵筆を動かしてゐる。水彩で、一人の方を覗くと、灰色がかつた淡い小豆色の浅間が大きく描いてある。

——なかなか上手い。

と森君が讃めたら、途端に身体で画を隠してしまつた。

また背の低い林に入つて、そこを出た所だつたかに広い草原があつた。多少の起伏を持つた草原が左右に長く展けてゐて、あちこちに、夕菅の淡黄色の花が風に揺れてゐる。前方の落葉松林の上に、浅間が矢鱈に大きく見える。頂上近くに白い雲か煙か判らぬものが浮いてゐる。

もう半分ぐらゐ来たのかい？　と森君に訊くと、よせやい、まだ歩き始めたばかりぢやないか。しかし、まあ一服するか……、と草に腰を降してパイプを咥へた。ただの草原かと思つてゐたが、見ると杉とか松の苗が植ゑてある。ゆふすげは夕刻開いて朝凋《しぼ》むと聞いてゐたが、朝も九時頃はまだ開いてゐるらしい。

——夕菅を東京に持つて帰つて植ゑたけど、つかなかつた……。

と森君が云つた。

——いやあ、いい花ですね。それに、空の色がいいですね……。

と、西田君は感心してゐる。

右手の方に豆粒ぐらゐに動いてゐたものが、いつの間にか近附いて来てゐる。中年の男と犬で、男は鉄砲は持つてゐないが猟師らしい恰好をしてゐて、犬はポインタアと云ふのか、黒い斑のある白い犬である。男と犬は前後しながら、われわれの休んでゐる近くを通つて、左手の草原に入つて行つた。澄んだ空気のなかを、犬を連れて歩き廻つたら嘸好い気持だらうと思ふ。

——さて、行くか……。

と歩き出して左手を見ると、男と犬はもう豆粒ぐらゐになつてしまつて、その先に遠く山が青く霞んで見える。

広い草原から林だか森だかに入つたら、やつと山路らしくなつた。岩で凸凹した所が多いから靴の方が歩き良いのは当然だが、山路を歩き出して、森君が何故頑丈な靴を穿いてゐるのか初めて納得が行つた。目的地の水源迄路は森や林のなかを登つて行く。その途中で森君はひよいと左手の、或は右手の樹立のなかに入つて行つて、出て来ると、

――今年は尠いな……。

と云つたりする。その林のなかに何とか云ふ植物の群落があるのだが、それが例年に比して尠いと云ふのである。さうかと思ふと茂みを指して、この奥に何とか草が生えてゐるよ、と教へて呉れる。まるで自分の家の庭の小径を歩いてゐる感じで、前に森君の自宅近くの森へ行つたときも驚いたが、浅間の森迄我家の庭みたいに知つてゐるらしいから、寧ろ呆れてしまふ。長い間に、余程丹念に歩き廻つたのに違ひないが、森や林に踏み入るにはどうしても頑丈な靴でないと不可ない。

西田君と二人で大いに感心したら、

――なあに、好きだからさ……。

と、森君は澄してゐた。その后で、西田君が何か冗談を云つたら、森君は甲高い声で笑つた。前を歩いてゐた小学生の団体が、何事かと云ふ顔で一斉に後を振返つた。

水源と云ふ所には三時間近く掛つて着いたと思ふ。これはこの日の山歩きの目的地に過ぎないので、別に好奇心があつて行つた訳では無い。途中、涼、水の如し、と云ふ感じの樹蔭で弁当を食つて、血の滝と云ふのを見たりして、行つて見ると文字通りただの水源地である。雑木林の山裾に遂道みたいな小さな洞穴が口を開けてゐて、そこから水が流れ出て来て、浅い谷を下つて行く。鉄分が多いのださうで、川床が朱に染つてゐる。

森君はコップを出して、洞穴から出て来る水を掬つて飲んだ。コップを借りて掬つて飲んでみると、炭酸水で微かにピイタンの匂がした。

——ハイ・ボオルを飲んで来なさい。

と、横井さんはウヰスキイの小瓶を持たせて呉れたから、三人で交互に試みたが、もう一杯、とは誰も云はなかつた。西田君は、いやあ、どうも……、とコップを森君に返してゐたが、これは感心したのかどうかよく判らない。大分登つて来た気がするから、

——茲は浅間の何合目辺りになるんだらう?

と森君に訊くと、森君は世にも情無い顔をして云つた。

——何合目なんて、そんなこと云つていいのかなあ……。


翌年の夏、もう一度西田君と一緒に横井さんの別荘を訪ねた。想ひ出して、夕菅の花の咲いてゐた広い草原迄行つてみたが、八月も末だつたから、もう花は無かつた。浅間がくつきり見えて、広い草原を秋風が吹渡つてゐるばかりであつた。

西田君と、夕菅の実の黄色になりかけた奴を五つ六つ採つて、ポケットに入れた。固い袋を割ると、黒い種子が零れ落ちる。

それからぶらぶら下つて来ると、街道の西の外れに出たから、国道に面した小さなドライヴ・インに這入つた。茲には前に何度か這入つたことがある。店の裏手に芝生の不揃ひな庭があつて、いつもはそのあちこちに、大きな陽除の傘の附いた丸い卓子が置いてある。しかし、この

ときは、店のなかを抜けて庭へ出てみると殆ど片附けてあつて、丸い卓子が一つと二、三脚の椅子が残してあるに過ぎなかつた。

——もう夏も終だね……。

——さうですね……。

樹蔭の椅子に坐つて話しながら、見ると庭の隅に一羽の鳥がぢつと坐つてゐる。家鴨《あひる》ぐらゐの大きさで、白い身体の背中と尻尾が黒交りの褐色で、頭から頬にかけて赤い。赤いペンキが塗つてあるかと思つたぐらゐである。西田君が給仕の女の子に訊くと、鴨だと云ふ。

——いやあ、あれが鴨ですかね……。

裏庭に坐つてぼんやり風に吹かれてゐると、いつも賑かな店の方も人気が無くて、何となく、辺りがひつそりしてしまつたやうである。だから、鴨も温和しく坐つてぢつとしてゐるのだらう、と思つてゐたら、鴨が突然起き上つて、傍の木の大きな葉をばりばりと乱暴に食ひ千切つた。たいへんな見幕だから驚いて見てゐると、今度は此方へ向つてよたよたと尻を振りながら歩いて来る。

——奴さん、何しに来るんだらう?

と云つてゐたら、卓子の傍迄来て矢鱈に尻尾を振つて見せた。多分、親愛の情を示してゐるのだらうとは思ふが、それにしては、ときどき鼻の穴から荒荒しく、ふう、と息を出すのが判らない。やい、早く何か寄越せ、と脅迫してゐるとしか思へない。どうやら、木の葉を乱暴に食ひ千切つたのは一種の示威運動だつたらしい。生憎、われわれは牛乳を飲んでしまつて、ただ坐つてゐるだけだから鴨の要求には応じられない。

ちえつ、と鴨が云つた筈は無いが、何だかそんな感じで、鴨はわれわれに尻を向けるとよたよたと歩いて行つて、建物の近くにあるブリキ罐《くわん》の水を美味さうに飲んだ。それから、その隣の罐のなかの何だか得体の知れぬ黄色いどろどろしたものを食つて、庭の隅に戻つて行くと坐り込んだ。それを見届けたら、やれやれと云ふ気がした。

——いやあ、どうもなかなか……。

西田君はさう云ひ掛けて、おや、肩に……と僕の肩を見てゐる。肩を見ようとしたら赤蜻蛉がついと飛立つて秋風に消えた。

〔1969（昭和44）年6月「群像」初出〕

古い編上靴

その頃、大寺さんは編上靴を穿いてゐた。焦茶色のバックスキンの靴で、既に色褪せ、あちこち毛も擦れてゐた。しかし、大寺さんは他の短靴は穿かず、専らその編上靴を用ゐた。空襲警報が鳴ると、パイプをポケットに入れ、その靴を穿いて防空壕に這入るのである。ときには空襲警報の鳴らぬ裡に、急行列車でも通過するやうな轟音を立てて爆弾が落ちて来ることがある。大寺さんは狼狽《あわ》てて靴を突掛け壕に飛込む。それから、長い紐を靴のホックに掛ける。

そんな場合、短靴の方が手取早い筈だが、大寺さんは決つてその編上靴を穿いた。どう云ふものか、その靴を穿いてゐると何となく気持が休まるやうな気がする。その靴を穿いてパイプを吹かしてゐると、そこにささやかな安心感があつた。それが何故か、大寺さんにも判らない。

離れの裏手に広い原つぱがあつて、その片隅に小さな防空壕が出来てゐた。原つぱは以前は大きな森だつたのが伐られた跡で、森が無くなつたから遠くの神社の杜が見える。草が一面に生ひ茂つてゐて、あちこちに灌木の茂みがあつた。境界線のためか、原つぱの此方側の外れに欅《けやき》の大木が一列に伐り残してあつて、防空壕はその近くにあつた。

離れの裏口を出ると、丸太を数本並べた小さな橋があつて、それを渡ると原つぱに出る。橋の下は昔は小川で蛍も飛んでゐたことがあるが、大寺さんが離れに移つて来たときは、水は悉皆涸れてしまつてゐた。森を伐つて、原つぱにしたためかもしれない。

表の庭の方には大きくて頑丈な防空壕があつたが、大寺さんはそこには昼間しか這入らない。裏の方が近いから、夜分は原つぱの壕に這入る。ぐつすり眠つてゐて、空襲だから起きろ、と呼び起されると、寝惚眼《ねぼけまなこ》で近い方に行く。それから壕のなかのラヂオのスヰツチを入れ、パイプを吹かして、どうやら頭のはつきりして来る頃、空襲は終る。

——莫迦にしてやがる。

大寺さんはよく腹を立てた。

その防空壕には、最初は大寺さんの家族も這入つてゐた。大寺さんが学校を出て二年ばかり経つた頃のことで、学校を出ると間も無く結婚したから、大寺さんには細君と赤坊がゐた。結婚した大寺さんは矢張りその近くに住んでゐたのだが、空襲が始ると、細君の母親に勧められてその家の離れに引移つた。

引移つた頃、裏の原つぱには薄の穂が揺れ、黄ばんだ草のなかに漆の紅葉が美しかつた。

——セザンヌの赤だな……。

大寺さんはさう思つた。別に何の仔細も無い。セザンヌの風景画にそんな色を見たやうな気がしたに過ぎない。尤も、さう思つたら殺風景な心のなかに、一刷毛、赤が加へられたやうな感じがあつた。

引移つた頃、原つぱにはときどき農夫がやつて来て、大きな切株を掘起したりしてゐた。何日掛りで掘起したのか知らないが、黄ばんだ風景のなかで動いてゐる青い野良着を見ると、これも画のなかの人物のやうに見えた。その点景人物が見えなくなつた頃、大寺さんの細君と赤坊もゐなくなつた。原つぱの草は枯れ、漆の赤も消え、一列に並んだ大きな欅も悉皆葉を振ひ落してゐた頃だと思ふ。空襲が激しくなつたので、信州に疎開したのである。だから、大寺さんは寒寒とした家に独りで住み——と云つても食事は隣でするのだが、壕に這入つたり出たりしてゐた。

或る晩、突然細君と赤坊が帰つて来た。

——ただいま。

大寺さんが隣の茶の間で話してゐると、聞いたやうな声がして赤坊を背負つた細君が顔を出したから、大寺さんは呆気に取られた。此方が何も訊かぬ先に、細君は何だかのぼせたやうな顔をしてこんなことを喋る。何でもその前日だかに、炬燵に入つてゐた赤坊が一酸化炭素の中毒を起して、真青になつて吐いた。田舎の医者に診て貰つたが、心配でならない。死ぬかもしれないと気が気でなかつた。今日少し元気になつたので、だから……。その間、死ぬかもしれなかつた筈の赤坊は大寺さんの顔を見て、声を立てて笑ひ続けてゐた。

——無茶するな……。

大寺さんが細君を窘《たしな》めると、細君の母親は、

——いいえ、無理もありませんよ。

と、細君の肩を持つて、御近所の何とかさんの奥さんも子供二人連れて疎開したが、半月と経たない裡に東京の主人の所に舞戻つて来たと云ふ話をした。その話を聴いてゐると、細君が帰つて来たのは当然のことだと云つてゐるやうに聞える。肝腎の赤坊の病気の方は、附け足りとしか思へない。その話をする母親が、一番強硬に細君を説得して疎開させたのだから、何とも妙な具合である。しかし、大寺さんにもその辺の気持は判らない訳では無い。

細君の疎開した先は、千曲川沿に走る小海線の沿線にある小さな淋しい村である。その村に大寺さんの伯父夫婦が住んでゐて、そこに妻子を連れて行つたとき、大寺さん自身、果してこんな淋しい所に細君が我慢してゐられるかしらん？　と怪しんだほどである。小さな駅の近くには店も何軒かあるが、伯父の家はそれから一里近く上つた山のなかにある。

大寺さんは子供の頃、二、三度この家に遊びに来たことがある。それから、大学生の頃一度、八ケ岳の山麓を歩いたことがあつて、そのとき立寄つた。子供の頃の記憶では矢鱈に大きな家だと思つてゐたのに、余り大きな家ではない。不思議な気がしたのを憶えてゐる。

そのとき、伯母は出来たばかりとか云ふ貯水池が自慢で、それを見て来いと云つて肯かない。大寺さんは云はれる儘、山のなかの貯水池を見に行つた。かなり広い池が満満と水を湛へて山の紅葉を映してゐた。池の周囲には遊歩道のやうなものが巡らしてあつて、どう云ふ訳か飾電柱も立つてゐた。公園の心算なのかもしれないが、人影は見当らない。大寺さんはぼんやり秋風に吹かれて、帰つて来た。

——鯉が沢山ゐたづら？

——いいえ、一匹も見なかつた……。

——へえ、どつち側で見ただい？

よく判らないから漠然と此方側で見たと答へると、伯母はひどく残念がつて、

——鯉はあつち側にゐただに……。惜しいことをした。

と云つた。

この伯母の家に、大寺さんは前以て何の連絡もせずに、いきなり細君と赤坊を連れて行つたから、先方はたいへん驚いた。しかし、大寺さんが宜しく頼みますと云ふと、伯母は襦袢の袖で頻りに眼をこすつて、ああ、いいよ、と承知した。それから、娘は二人共嫁に行つたし、空いた部屋も幾つかあるから、細君と赤坊がゐても一向に差支へない、と云つた。伯父は温和しい人物で、大抵伯母の意見に従ふのである。

——伯母さん、泣いてらしたのかしら……。

后で細君が低声で大寺さんに云つたが、大寺さんは、

——あの伯母さん、眼が悪いんだ。

と答へて置いた。昔から伯母の眼が悪いのは事実だが、泣いたのかどうか、その辺の所は大寺さんにもよく判らない。

細君と赤坊を伯母の所に置いて貰へることになつて、大寺さんは一安心して一晩泊つて帰京した。空襲のとき、細君や赤坊がゐると気になつて不可ない。伯母の所は空襲の心配は全くないと云つていいから、細君ものんびり出来るし、大寺さんも安心出来る。しかし、多少気掛りなこともあつた。

例へば、朝、井戸端で顔を洗つたとき、細君は慣れない手附で釣瓶の長い竿を操りながら、

——釣瓶で水を汲むなんて、初めてよ。

と面白がつた。面白がつて悪いことは無いが、それは旅人の眼である。そこの住人になつたらいつ迄面白がつてゐられるだらうか？　そんな危惧を覚えぬものでもない。だから、一ケ月と経たない裡に細君が帰つて来たのも無理は無い、と思ふ気持もある。ところが細君の方はいろいろ弁解する。伯父夫婦はいい人だとか、赤坊が病気にならなかつたならとか云ふから、大寺さんは面倒臭い。

——帰つて来たんだから、いま更仕方が無いだらう。

——それもさうね……。

途端に細君は嬉しさうな顔をして、散らかつてゐる部屋を片附け始めた。大寺さんは念のため、眠つてしまつた赤坊の様子を見たが、別に異状があるとも思へなかつた。翌日、知合の医者に診せたら、医者も別状無いと保証した。

玄関の所に乳母車が置いてあつて、これは大寺さんの赤坊用である。細君と赤坊がゐなくなつてから、大寺さんはその乳母車を見てひよつこり二人を想ひ出すことがあつた。大寺さんはそれ迄、赤坊を乳母車に乗せて押したことは一度も無い。抱いてあやしたことも無い。しかし、主のゐない乳母車を見ると、珍しく殊勝な気持を起して、こんなことを考へる。

——今度いつか、一度乳母車に乗せて押してやらう。

尤も、その「今度」がいつのことか大寺さんには見当も附かない。一度も実現出来ずに終るかもしれない。

細君と赤坊を伯母の家に残して小海線の駅迄歩いて来る途中、それに似た気持を覚えたことを記憶してゐる。高台の外れ迄来たとき、大寺さんは何となく立停つた。その台地から九十九折《つづら》《おり》の路を降つて行くと駅に出る。大寺さんは立停つた序に編上靴の紐を結び直した。裸の樹立越し、下の方に幾つか屋根が見え、駅も見える。二本の鉄路が左右に伸び、その先方を千曲川が流れてゐる。その先には冬枯の低い山が連つてゐて、大寺さんの立つてゐる台地に対してゐる。曇天の朝で、大寺さんは寒い風に吹かれながら、灰色の風景のなかを流れる千曲川を暫く見てゐた。川を見ながら、大寺さんはこんなことを思つた。

——もう一度、茲に立つて川を見ることがあるだらうか？

もう二度と細君や赤坊を見ることは無いかもしれない、そんな気もした。尤も、このときばかりではない。その頃、大寺さんはいつもそんな気がしてゐたやうに思ふ。

ところが、細君がひよつこり赤坊を連れて舞戻つて来たら、どう云ふものか、そんなことは悉皆忘れてしまつた。赤坊を乳母車に乗せて押すことも、失念してしまつた。想ひ出したとしても、実行したかどうか疑はしい。

——この乳母車、使ふこと無いだらう？

或る日、大寺さんは細君に云つた。

——さうね、使ふこと無いわね。

——ぢや、物置に入れとかう。邪魔だからな。

さう云ふと、大寺さんは乳母車を物置に蔵《しま》ひ込んだ。

——乳母車、いつになつたらまた使へるかしら？　何だか淋しいわ、蔵つちやふと……。

そのときの細君には、乳母車と平和は同じものだつたらしい。その乳母車が、いつ何の不安も無く使へるか、それは大寺さんにもさつぱり判らなかつた。案外、二度と使ふことは無いかもしれない、尤も、これは口には出さなかつた。しかし、物置に乳母車を蔵ひ込んだのは、寧ろ賢明な処置だつたかもしれない。細君はその后間も無く、再び信州に疎開したからである。

今度は前の大寺さんの伯母の所ではなくて、細君の叔母の所に行つた。そこは細君自身前に何度か行つたことがあつて、家族とも親しいから気が置けなくて良からう、と云ふのである。細君が出発する前の晩、大寺さんは一軒の茶屋に頼んで置いた茶を受取に行つた。細君が土産に持つて行く筈の茶で、その頃は前以て頼んで置かないと手に入らない。自転車に乗つて行くと、好い月夜で、道が明るく光り、電線の影がくつきり黒く落ちてゐる。

——メルヘンの夜みたいだな。

と、大寺さんは思つた。まだ八時頃だが、人影は全く無い。駅に通ずる道の両側の家は何れも戸を閉めて、暗く静まり返つてゐる。尤も商店の多くは、昼間から店を閉めてゐるのが多いのである。

メルヘンの夜に好い気分になつてゐたら、直ぐ近くに駅が見えて吃驚した。茶屋の前を通り越してしまつたらしい。ところが引返してみても、肝腎の店が見附からない。数回往復したがどうしても判らない。大寺さんは狐に抓《つま》まれたやうな気がして、何とも合点が行かなかつた。仕方が無いから、幽かに暗い灯の見える家で訊ねたら、茶屋はその二軒先にあつた。茶屋の戸を叩くと婆さんが出て来て、大寺さんを認めると、直ぐ奥に這入つて茶の包を持つて出て来た。

——いろいろ、御不便掛けますが、これも御時世でしてね……。

と、婆さんはお愛想らしいことを云つた。電気は点けないから店のなかは暗い。大寺さんは財布を出して、月明りで金を取出さうとして不思議な気がした。入れて来た筈の金が無い。包装代の一円はあるが、茶の代金用の十円札が無い。婆さんは気配を察して、なに、后で結構ですよ、と云つた。入れ忘れたのかもしれないと思つて、大寺さんは婆さんの好意を受けることにした。しかし、再び美しい月光のなかを走りながら、大寺さんは何とも腑に落ちなかつた。入れ忘れたとは思へない。

——若しかしたら、と大寺さんは考へた。あの婆さんが魔法使で、知らぬ間に財布の金を巻上げたのではないかしらん？

この考へは大寺さんの気に入つたが、帰つてみると、金はちやんと財布のなかに入つてゐた。どうも不思議なこともあるものだ、月の光で頭が変になつたのかもしれない、と大寺さんが細君にこの話をすると、細君は何か勘違したらしく、

——それぢや、あたしが明日行くとき、払つてきます。

と、その金を自分の財布に蔵ひ込んでしまつた。

翌朝、細君は茶の包を荷物に加へて、赤坊を背負つて信州に行つた。大寺さんは寒寒とした家に、再び一人で住むことになつた。

大寺さんの住む一帯は、最も早く空襲を受けた所である。近くに大きな飛行機工場があつたから、真先に狙はれて、大寺さんは何度も怖《こわ》い目に遭つた。その頃、大寺さんは空ばかり見て

暮したと云つて良い。そのときほど、空を眺めたことは無い。そのときほど、空が美しく見えたことも無い。

細君と赤坊は信州に行つたが、大寺さんは空を眺めて東京を離れる気は無かつた。仕事があつたからである。ところが、或る晩空襲があつて、その結果大寺さんも都落せざるを得なくなつた。このときは工場の周囲がやられて、大寺さんもひどい目に遭つた。

多分、四月頃だつたと思ふ。或る晩、大寺さんは眠つてゐて、空襲だぞ、と云ふ声に呼び起された。その頃は寧ろ都内が危険で、郊外は案外平穏だつたから、大寺さんも別に狼狽てなかつた。ところが近くで高射砲が、すつどん、すつどん、と鳴始め爆音が莫迦に大きく聞える。空に何だか明るいから窓のカアテンを引いて見ると、裏の原つぱがくつきり浮び上つてゐる。空に赤い灯が幾つも浮いて、それがふはりふはりと流れながら照してゐるのである。

大寺さんは睡気も一遍に醒めて、裏の壕に駈込んだ。ラヂオのスヰツチを入れ、パイプを咥へて編上靴の紐をホツクに掛けた。壕の入口の戸を開けて置くとたいへん明るい。覗いて見ると、探照燈の光が幾条も忙しさうに空を撫で廻してゐる。不意にその一条の光のなかに、白い機体が矢鱈に大きく浮んだから、吃驚してそれを見てゐると、親戚の家に同居してゐる甲某さんが跳込んで来た。大寺さんと同年輩の二十五、六の男で医者の卵である。

——今夜は此方？

——ええ、なんとなく……。

甲某さんはそのときの気分で、表の壕に這入つたり裏の壕に這入つたりするが、裏の壕に這入ることは余り無い。甲某さんが云ふ。

——今夜はちよつと危いですよ。

——何故？

——工場の周辺をやるとかつて噂があつたでせう？

——真逆……。

さう云つたものの、現に頭上に赤い灯がふはふはしてゐるから洵に気に喰はない。甲某さんが入口の戸を閉めてしまつたから、壕のなかは暗くなつた。ラヂオの小さな灯ばかり見える。それを見ながら、大寺さんと甲某さんは壕のなかで何かを待つてゐると、突然、がらんがらん、と大きな音がした。それから、ざあつ、と云ふ音がして防空壕が激しく揺れた。大寺さんは壕の天井に跳ね上げられるやうな気がした。壕が潰れたかと思つたほどである。天井から土がばらばら落ちる。

壕の戸が開いてしまつたので、上つて行つて戸を閉める序に覗いて見ると、赤い灯はまだ浮いてゐる。しつつこい奴だ、と思つた途端にまた、がらんがらん、が来たので大寺さんは狼狽して壕内に転げ込んだ。冷い風が、鋭く大寺さんの首筋を打つ。舟に揺られてゐるやうに身体が浮く。

——こいつは危いな、ほんとに。

心細くなつて、大寺さんは甲某さんに話し掛けたが返事が無い。見ると、甲某さんは固く眼を閉ぢ、両手で耳をしつかり押へてゐるのである。ははあ、見ざる、云はざる、聞かざるだな、と大寺さんは思つた。戸が開いた儘なので、壕のなかは明るいが、もう上つて行つて閉める気もしない。しかし、次の瞬間には、大寺さんも甲某さんの真似をして眼を瞑り耳を押へた。再び厭な大きな音がしたからである。

その晩、大寺さんはがらんがらんと云ふ音と、ざあつ、と云ふやうな音を四、五回聞いた。それは急行列車の轟音とは違つて、大寺さんの初めて耳にする奇妙な大きな音であつた。

暁方、空襲は終つた。

大寺さんは甲某さんと壕を出て、爆弾の落ちた場所を確めようと歩き出して、霜が降りてゐるのに気が附いた。

——随分、霜が降りてますね。

——霜？

甲某さんは不審さうに地面を見た。さう云つてから大寺さんも、もう春になつてゐて、霜の季節は疾《と》うに終つてゐるのを想ひ出した。爆弾で辺り一面に吹飛ばされた土が、大寺さんの編上靴の下で、恰も霜柱を踏む感じを起させたのである。爆弾は大寺さんの這入つた防空壕から二十米ばかりの所に一発落ちて、大きな蟻地獄を形造つてゐた。五十米ばかりの所にも三発落ちてゐた。

——危いところだつた……。

と二人は話し合つたが、大寺さんには助かつて良かつたと云ふ実感は余り無かつた。ひどく疲れてゐて、只管《ひたすら》眠りたかつた。

大寺さんの勤務先と云ふのは、大寺さんの住居の近くにあつたのだが、それがこの晩の空襲でひどくやられて一時休業と云ふことになつてしまつた。一時休業と云ふが、先の見通しは一向に立たない。すると細君の疎開してゐる信州の方から、その気があるなら都落して来てはどうかと云ふ話があつた。細君からも都落を勧める手紙が来る。ぶらぶら遊んでゐる訳にも行かないから、大寺さんも覚悟を決めて、或る日、大きな荷物を背負つて、編上靴を穿いて汽車に乗つた。

しかし、信州行は直ぐ決つた訳では無い。一時休業が決つて間も無く、大寺さんの所に或る人が或る話を持つて来た。何でも参謀本部の何とか分室とか云ふものがあつて、詳しいことは判らないが、対外宣伝とかそれに類した仕事をやるらしい。そこに勤めないか、と云はれた。大寺さんはその話を聞いてちよつと考へたが、周囲で賛成する者は一人もゐない。みんな信州行を勧める。大寺さんも別に乗気だつた訳では無いから、信州行を決心して、或る日、断りに行つた。

神田の高台にある学校がその分室になつてゐて、入口の所に銃剣を持つた番兵が立つてゐた。

若い温和しさうな兵隊で、大寺さんが乙某さんに会ひたいと告げると、受附に行くやうに云はれた。

受附に行くと、窓口のなかにこれも兵隊がゐて、その兵隊が連絡を取ると、直ぐ眼鏡を掛けた中年男の乙某さんが現れた。

——やあ、どうも……。お待ちしてをりました。

別に約束した訳でも無いのに、乙某さんがさう云つたので、大寺さんは妙な気がする。大寺さんが口を切らうとすると、乙某さんは——まあ、此方へ、と先に立つて歩き出したから後に随いて行つた。

暗い廊下を歩いて行くと、若い女達の喧しい嬌声が聞えるから大寺さんは面喰つた。同時に英語の会話が大きく聞える。扉が半開きになつてゐたから覗いて見ると、天然色の映画が映つてゐて、クラアク・ゲイブルのちよび髭が見える。見物人もかなりゐるらしい。

——「風と共に去りぬ」をやつてるんです、と乙某さんはつまらなさうに云つた。二世の女の子は矢鱈に派手に騒ぎましてね……。なに、捕虜に見せてるんです。

さう云はれても、大寺さんには実感が無い。大寺さんはその映画は名前しか知らなかつた。アメリカ映画とか嬌声とか、その頃の大寺さんの住む世界とは全く縁の無いものだつたから、大寺さんは別世界に来たやうな気分である。

二階の一室に通されると、大寺さんは早速来意を述べた。述べ始めると、それ迄乙某さんの顔に浮んでゐた微笑が消えて、ひどく狼狽した顔になつた。

——困りましたなあ……。

乙某さんは何やら深刻な顔になつて、こんなことを云ふ。分室の方では大寺さんに就いていろいろ調査した結果、採用と決定した。本日、電報でその通知を出したところである。そこに本人が現れたので、てつきりそのことで打合せに来たと思つたのに、断るとは全く予期せぬことで……と云つて、それから、困つた、困つた、を連発する。

これには大寺さんも間誤附いた。しかし、茲で気持を変へる心算は無いから、大寺さんも困つた顔をしてゐた。それに、調査をしたと云ふが、一体どんなことをやつたのだらう？　と気にならぬことも無い。大寺さんの方は話のあつたとき、少し考へさせて頂きます、と答へて置いた。だから、考へた上で断るのは別に差支へなからうと思つてゐるのである。

——兎も角、と乙某さんは立上つた。ちよつと上司に相談して来ますから……。

残された大寺さんは些か不安になつた。上司とは誰だか知らないが、軍人でも現れて、断るとは何事であるか、とやられたらどうしたものかと思ふ。しかし、そんなことは考へないことにして部屋を見廻した。広い所に机が二つ長く並べてあり、その四囲に椅子が置いてあるだけで何の風情も無い。背後と右手は窓になつてゐるが、どう云ふものか、みんな閉つてゐる。所在無い儘、大寺さんは立つて行つて、右手の窓の一つを開けて見た。

大寺さんは、眼を疑つた。

窓は広い庭に面してゐて、陽の当るその中庭には、捕虜の兵隊が沢山ゐたのである。百人、いやもつとゐたかもしれない。ボオルを蹴つて奇声を発してゐる連中もゐれば、体操をしてゐる者もある。上半身裸でデック・チエアに凭れてゐる連中もゐるし、あちこちに塊つて談笑してゐる連中も尠くない。その何れも莫迦に陽気で暢気《のんき》さうで、大寺さんには何とも意外であつた。大寺さんの考へてゐた捕虜とは全く違ふ。

直ぐ窓を閉めようと思つたが、好奇心に駆られてその儘見てゐると、デック・チエアの若い金髪の兵隊が窓の大寺さんに気附いたらしい。不思議さうに大寺さんを見てゐるのが判つた。大寺さんもその兵隊を見た。すると、その若い男はちよいと首を振つて、につこり笑つた。そのとき、大寺さんの手は反射的に窓を閉めてゐた。

その兵隊が何故笑つたのか判らないと同様、大寺さんには何故自分が窓を閉めたのか判らない。しかし、虚心に笑顔を返す気が無かつたのは事実である。或は、吃驚した弾みに窓を閉めたと云つた方がいいかもしれない。

乙某さんは五、六分ほどして笑顔で戻つて来た。無論、大寺さんは椅子に坐つてゐて、窓の外を覗いたことなど一言も云はなかつた。乙某さんは重荷を降したやうな顔をして、上司に話したら判つて呉れて、止むを得ないと云ふ結論になつたから……と云つた。

——どうも御心配掛けまして……。

——いやいや、どういたしまして、と乙某さんは愛想が好かつた。上司の話では折角来られたのだから、映画でも観て行つて頂くと良いと云ふことですが……。しかし、大寺さんは辞退した。何でも間も無く交替の時間で、次の組か何かが観るらしかつた。しかし、大寺さんは辞退して、暗い廊下を受附迄乙某さんと歩いて行つた。

――信州なら空襲の心配はありませんね。実は、私の家内も子供を連れて信州に行つてをりましてね……。

乙某さんは自分でも行きたさうな口吻である。大寺さんは、別世界の人が急に身近に来たやうな気がした。

帰つてみると、乙某さんの云つた電報の通知が来てゐた。大寺さんは、細君の母親の渡して呉れたその電報を立つた儘読んだ。決つたから直ぐ来いと云ふ文面である。それから、編上靴の紐を解いた。しかし、いつものやうに早くは解けなかつた。覗いて来た別世界のことが、特にデック・チエアの金髪の男が、大寺さんの手の働きを妨げたからである。それから一週間ばかりして、大寺さんは信州行の汽車に乗つたのである。

出発の朝、裏の原つぱに兵隊が四、五人来て、不発弾を掘出す作業をしてゐたのを憶えてゐる。兵隊は遠足にでも来たやうに暢気さうに見えて、大寺さんには不思議であつた。信州に行つたら、もう空襲とも縁が切れる。編上靴を穿くことも無からう。さう思つて、大寺さんは窓から新緑の広い原つぱを見てゐた。

白い往還があつて、両側に家が並んでゐる。大きな家もあるし小さな家もある。大きな家は旅館か料理屋で、小さな家は商店とか酒場である。赤いポストのある郵便局もある。白い往還の突当りは神社とその大きな森で、その手前の往来の真中に巨きな華表《とりゐ》が立つてゐる。往還は突当ると神社に沿つて右折し、道幅も狭くなる。大寺さんの細君の親戚の家は、神社の直ぐ手前に門があつた。

——茲はお宮で栄えた所でな……。

鼻下に髭を蓄へたそこの主人一平叔父が話して呉れた所に依ると、嘗ては弦歌紅燈の巷だつたと云ふことになるらしい。大寺さんの行つたときは、旅館は無論、料理屋も疎開児童の宿になつてゐて、酒場は固く扉を閉し、汚れてしらじらしい様相を呈してゐた。商店も殆ど閉つてゐて、白い往還は昼間でも人影が尠く、ひつそりしてゐた。一時間に一度ぐらゐ、塗りの剥げた乗合自動車が通つて白い土埃を舞上げるが、乗客も極く尠い。

大寺さんの細君と赤坊は、その家の離れの一室を借りて住んでゐた。離れにはもう一部屋あつて、そこにも東京から疎開して来た親戚の家族が住んでゐる。大寺さんが着いたとき、細君は台所で夕食の仕度をしてゐたが、台所と云ふのは濡縁に七輪と小さな古机を置いただけのものである。その上に板庇が長く突出てゐるのは、后から附け足して呉れたものらしい。

——へえ、狭い所だが、何も気にしないで暢気にしてるがいいだ。

と一平叔父は云つた。初対面なのに大寺さんを旧知のやうに扱つて呉れるから有難かつた。

ただ一つ不可解だつたのは、大寺さんを、大寺「でえ」と呼んだことである。大寺さんが部屋にゐると、庭一つ隔てた母屋から大きな声が聞えて来る。

——おおい、大寺でえ、お茶が入つたぞ。

大寺さんは出掛けて行つて、茶を飲み漬物を摘みながら話をして帰つて来るが、この「でえ」が何を意味するのかさつぱり判らない。しかし、大寺さんは勝手に、大寺やあい、と呼んでゐるのだらうと解釈して置いた。

家の裏手には、小川があつた。水量豊富な小川で、釣をしてゐる子供をよく見掛けた。胡桃の大木の傍に裏木戸があつて、裏木戸を開くと小さな橋がある。橋を渡ると地面が低くなつて、葡萄畑と林檎畑が続いてゐる。一度、大雨が降つたときこの小川が氾濫して、二尺の石垣を越えて水が庭に浸入して来たことがある。無論、葡萄畑や林檎畑は水浸しとなつた。この畑の間の小径を辿つて行くと、土堤に突当る。土堤に上ると眼前に千曲川があつた。

大寺さんは、よくこの土堤迄散歩した。ときには赤坊を連れて行くこともあつた。大寺さんが信州に来て一番驚いたのは、赤坊がいつの間にか立つてちよこちよこ歩いてゐたことである。大寺さんは最初、たいへん不思議なものでも見るやうな気がした。余り珍しかつたので、赤坊、と云ふより赤坊に毛の生えた程度のちつぽけな子供の手を引いて、散歩に行つたのである。

川の中央には葦の茂つた中洲があつて、水はその両側をゆつくり流れてゐた。中洲では葦切《よしきり》が嗄れた声で啼き、対岸の水田の上を渡つて来る風が土堤のポプラの葉を翻へす。大寺さんは千曲川を見て、その迥か上流にある伯母の家を想ひ出したことがある。伯母の家のある台地から眺めた千曲川は川幅も狭く、川原には岩が多かつた。それが茲迄流れて来る訳だが、何だかその流に乗つて茲迄辿り着いたやうな気がする。細君と赤坊が伯母の家に行つてゐたのは、五ケ月ばかり前に過ぎない。しかし、それが遠い昔のやうに思はれる。台地から千曲川を見たとき、大寺さんはこの村に来てその下流を見ることになるとは露知らなかつた。この先どうなるのか、流に浮ぶ一枚の木の葉のやうに漂つて、どこへ行くのか判らない。

対岸の水田の先には低い連山があつて、その山裾をときをり汽車が通る。それを見ると、大寺さんは妙に憂鬱になつたりした。そんなとき、ちつぽけな子供も蹲踞んで遠くを見る顔をしてゐる。

——何が見える？

大寺さんは訊いてみた。無駄なことを訊いたもので、その答は外来語のやうで一向に要領を得なかつた。

その村に来て一週間ほど経つて、大寺さんは村の学校の教師になつた。これは東京にゐたときに話があつたので、それで信州に来たのである。村の学校——当時は国民学校と云つたが、その高等科の先生の一人が兵隊になつたため欠員が出来た。一平叔父が口を利いて呉れて、話が決つたのである。尤も、その先生が帰つて来たら辞めること、と云ふ但書が附いてゐた。臨時雇と云ふ奴だらう。

大寺さんは村に来てからは、家にゐるときは着物を着る。散歩に行くときは下駄を穿く。夜も空襲の心配無く眠れる。だから、当分編上靴には用が無いだらうと思つてゐた。ところが、初めて学校へ行つた日、朝礼の挨拶が済んだら、教頭が大寺さんに、その裡、地下足袋の配給があるから……と云つた。何のことだらうと思つてゐると、高等科の主任と云ふ坊主頭の大男が、

――大寺先生は、地下足袋なんて持つてないづら？

と訊いた。それから話を聞いて、大寺さんは面喰つた。山川さんと云ふその主任の話に依ると、高等科の生徒は専ら校外作業に従事するので、出来るだけ汚い服装をして、地下足袋の如きものを穿く方が宜しいと云ふ。一平叔父の話だと、作業のやうなものもやつてゐるらしいが……と云ふのだから話が大分違ふ。成程、山川さんも、もう一人の川田さんと云ふ痩せて小柄の男も、汚い作業衣のやうなものを身に附け、ゲエトルを巻き裸足である。

大寺さんは急に心細くなつて来た。

――作業つて、どんなことやるんですか？　僕に出来るかな？

――なあに、と山川さんは大きな口を開けて笑つた。先生より生徒の方がちやんと心得てるだ。傍で見物してりやいいだ。

――へえ、と川田さんも口を挿んだ。大寺先生が手出ししねえ方が円滑に行くつちふもんです。

――それぢや、授業はやらないんですか？

——あれは、と川田さんが天井を見た。二ケ月ばかり前でしたかなあ、雨が降つて……。

——へえ、一ケ月半前だに……。

つまり、その頃、一日か二日教室の授業があつたと云ふことらしい。それから、二人は生徒を連れて作業に出掛けて行つた。大寺さんがぼんやりしてゐると、校長が今日はもう帰つていいと云つた。大寺さんは校門を出ながら、もう一度編上靴を穿かねばなるまいと思つた。学校から大寺さんの住居迄、歩いて五、六分しか掛らない。白い往還に出る手前に家が塊つてゐる程度で、あとは田圃と林檎畑の路である。のんびり歩いて行くと、田圃の畦に腰を降してゐる二人の百姓の話が耳に入つた。爺さんの方がこんなことを云つてゐる。

——へえ、いまぢや教育なんて眼中にねえだ。教育なんてそつちのけよ。名前は学校だが教育なんてしやしねえだ。学校へ行つたと思へば、鍬担いで校門から出て来るだからなあ、情ねえ話だ。

——将来つちふことを考へると……。

農作物の話でもしてゐるのかと思つたら、教育を論じてゐたので大寺さんは恐縮した。それから足取が少し早くなつたのは、臨時雇とは云へ、村の学校の教師になつたためかもしれない。

その日の午后、大寺でえ、が聞えたとき、大寺さんが一平叔父に作業の話をしたら、一平叔父は一向に問題にしなかつた。

——へえ、適当にやつてりやいいだ。

大寺さんは翌日、学生時代の教練服を着て、編上靴を穿いて学校に行つた。七時五十分に朝礼があるから、寝坊の大寺さんは閉口する。

——朝早いと、辛いですね。

と川田さんに話したところが、

——へえ、わたし等は四時に起きるですがなあ……。

と云ふ返事だつたので大寺さんは黙つてしまつた。しかし、後学のために何時に寝るのかと訊ねると、八時だと云ふ。それでは鶏と変らない。何でも四時に起きて、小さな自分の畑の仕事をして、それから、何とか云ふ村から二里とか二里半とかの道を歩いて学校に来るのだと云ふ。

——歩いてですか？

——昔はさうだつたですが、いまは自転車つちふ文明の利器を利用させて貰つてゐますだ。

大寺さんは、どうも話のし難い人だと思つた。

その日、高等科二年の生徒は、千曲川の土堤下の川原に作業に行つた。生徒の多くは草鞋《わらじ》穿きで、その半分ぐらゐは、鍬やシヤベルを担いでゐる。大寺さんの知らぬ器具もある。訊いてみると、ジヨレン、と云ふものだと判つた。鋤簾と書くらしい。三分の一ぐらゐは女生徒で、鉢巻をしてモンペを穿いて、畚《もつこ》などを持つてゐる。この一隊が山川さんの大きな号令で歩き出したとき、大寺さんは何だか百姓一揆でも始るやうな気がした。

——今日は何の作業をやるんですか？

大寺さんは歩きながら山川さんに訊いた。

——へえ、水田作りだ。

と山川さんは云つた。傍から川田さんが、川原の荒地を開墾して田圃を作るのだと説明して呉れた。山川さんと川田さんは同年輩の中年男で、山川さんはいつも大きな眼を剝いて怒つたやうな顔をしてゐて、言葉遣も乱暴である。川田さんの方はいつも歯を見せて、痩せた頰の辺りに笑らしいものを浮べてゐる。

川原に着くと作業が始つたが、無論、大寺さんは拱手傍観する他無い。三本足の測量の器械を据ゑて、覗いてゐる人がゐる。教師かと思つたら、役場の人間ださうである。一緒になつて覗いている生徒も何人かゐる。川原の一角に杭を何本も立てて、それに紐を張つてゐる生徒もゐる。他の連中は、石の多い川原の地面を掘返してゐる。そこへ別の組が、畚にいい土を入れて運んで来て均す。畚に石ころを入れて運び出す組もある。

その間、山川さんはあつちこつち動き廻つて、大きな声で指図してゐる。さうかと思ふと、シヤベルを取つて土を掘返したりする。川田さんの方は立つた儘、ときどき手を伸して何か指図する。大寺さんは、無論、指図など出来ないが、ただ見物してゐるのも何となく恰好が悪いやうな気がする。試みに近くの生徒のシヤベルを借りて掘らうとしたら、石に打つかつて跳ね返るばかりである。

——駄目、駄目。

大きな声がするので見ると、向うで山川さんが大きく手を振つて怒鳴つてゐる。

——へえ、先生には無理だ。

正直のところ、大寺さんはさう云はれて安心した。シャベルを貸して呉れた生徒も、へえ、駄目、駄目、と山川さんの口真似をしてシャベルを取戻したが、それで切掛が出来たと思つたらしい。シャベルを動かしながら、こんなことを云ふ。

——先生、空襲に遭つただか？

——うん、遭つた。

——へえ、空襲の話、してくれず？

——ああ、その裡にな。

——いろんな話も知つてるだかい？

——どんな話だい？

——へえ、何でもいいだ。おいら、本読みたくも本がねえだからな。何でもいいだ。へえ、愉しみつちふものがねえだからな。これも御時世つちふもんだ……。

聞いてゐた大寺さんは、愉しみの無いのには大いに同情したが、何となく畦道にゐた二人の農夫を聯想して可笑しかつた。或はこの子供も、十年二十年経つと、畦道かどこかで、教養とはなんて論じ始めるかもしれない、そんな気がしたのである。

この日の作業は昼で中止になつた。雨が降り出したからである。午后から授業でもやるとしたら、何をやつていいかさつぱり判らないから、山川さんに訊いてみたら、

――へえ、中止だ。

山川さんはさう云つた。事実、学校に戻ると、解散、と云つて生徒をみんな帰してしまつた。生徒は奇声、歓声を発して散つて行く。大寺さんも喜んで帰つて来た。后で川田さんが注意して呉れたが、教師は用の有る無しに拘らず、四時迄在校しなければならないのださうである。間も無く大寺さんにも判つたが、成程、みんな四時迄ゐる。教員室の奥に衝立で仕切られた一角があつて、茲に長い机と大きな四角の木の火鉢が置いてある。火鉢には夏でも火が入つてゐて、大きな鉄瓶が湯気を立ててゐる。三時頃になると「お茶の時間」で、小使の爺さんが皿に漬物をどつさり入れて持つて来る。用の無い連中はそれを掌に載せ、茶を飲みながら四時迄勝手なお喋りをしてゐる。尤も、女の先生の坐つてゐたことは滅多に無い。

話は烟草が何日持つかとか、林檎に袋を掛けることとか、或る男が荷車を牽いて校庭を突切つたから呼び止めて注意したら、村会議員の俺を知らないか、と威張つたとか云ふ話である。

――腹のでつかい、背の低い親爺づら？

――さうさ、脹れつ腹で、仇名は甲斐饅頭つちふだ。

すると誰かが、トラガリの話を始める。虎狩か虎刈かと思つてゐたらさうではない。トラは寅で、或る親爺の名前らしい。この寅君が、最近矢鱈に立腹してゐる。子供達が寅君の家の前

に来て、トラガリの泥棒と囃し立てるからである。寅君は今度来たら鍬でぶん殴る、とたいへんな見幕らしい。

——へえ、その寅とか云ふ親爺が泥棒でもしただかいや?

——いや、さうではないだな……。

寅君の所に、どこかから疎開して来た一家が部屋を借りてゐる。その一家の子供がよく野菜を盗むらしい。寅の家を「借り」てゐるからトラガリで、村の子供達はその心算なのだが、寅君は頭から自分のことと思ひ込んでゐるらしい。

柱の古時計が四時を打つと、誰ともなく自分の時計を見て、さて、と立上る。こんな話を聞いて帰るとき、若い大寺さんは何となくぐつたりした気分になつてゐる。四時迄作業があつた方が迥かにいいと思つたりする。しかし、山川さんの時間表に依ると、作業は必ずと云つていいほど「お茶の時間」の前に終了する。

大寺さんが学校に出るやうになつて間も無く、宴会があつた。宴会と云ふのは、畳を敷いた広い裁縫室が会場で、裁縫の机らしい奴が二列に長く並べてある。そこに教師連中が向ひ合せに坐る。それから、校長が挨拶して酒宴が始る。何の宴会か知らないが、校長の挨拶のなかに「大寺君歓迎」云云の言葉があつて、大寺さんは上座に据ゑられてゐたが、それは幾つかの理由の一つ、若しくは附け足りだつたかもしれない。そんなことより、大寺さんの方は机上に林立する徳利の数に呆れてゐた。徳利も一尺ばかりの高さの大きな奴で、大寺さんは初めて見た。

——よく宴会をやるんですか？

大寺さんは隣の小柄な爺さんに訊いてみた。

——いや、滅多にやらない、とその老先生は云つた。しかし、全然やらないつちふことも無いですだ。

——よくこんなにお酒がありますね……。

——役場から持つて来るでな。

——ははあ……。

よく判らなかつたが、大寺さんもそれ以上詮索する気は無い。その頃、大寺さんは長いこと酒に縁が無かつた。無論、手に入らなかつたからである。稀に葡萄酒なるものが配給になつたが、それは酒なんて云へたものではない。話に聞くと、何とか酸を採つた后の粕だと云ふことである。

机の上には料理が並んでゐる。蕨、蕗などはお手のものだらうが、鮎の塩焼、煮魚、吸物とかいろいろあつて、野菜の煮物や漬物が皿の上に山のやうに盛つてある。当時としては、たいへんな御馳走と云つて良い。現に大寺さんの隣の老先生も、

——わたし等も、うちぢや、この一品もあれば上等ですだ……。

と云つてゐた。しかし、個人の食卓は兎も角、宴は賑かなるに若くは無しだから、大寺さん

も悪い気はしなかつた。その料理は全部、女の先生の手料理ださうである。

田舎の学校の宴会も、別に変つた所は無い。酒が廻ると、立つて踊る者、唄を怒鳴る者、人の肩を抱いて何か熱心に論ずる者、盃を投合ふ者などいろいろある。尤も、末座の方の女性連中は茶を飲み、たいへん静かである。宴の途中、眼鏡を掛けた陽気な司会者が、三人の先生に盃を差上げたいと云ひ出して、大寺さんは校長や教頭と一緒に一座の真中に坐らされた。前に若い女の先生が三人坐つて、それぞれ酒を注いで呉れる。大寺さんはお辞儀して盃を干したが、気が附くと校長も教頭も盃を手に持つた儘である。直ぐ飲んでは不可ないらしい。

——はい、もう一度、どうぞ。

司会者がさう云ふと、大寺さんの前の女性がもう一度注いで呉れた。誰かが、はい、もう一度、と半畳を入れてみんな笑ふ。大寺さんは何とも極りが悪かつた。

——而らば恒例に依りまして……。

さう云つたのは、大寺さんの隣にゐた老先生である。叮嚀にお辞儀をすると、謡曲を謡ひ始めた。みんな、にやにやしながら聴いてゐる。それが済むと、司会者が音頭を取つて手をメる。そこで初めて校長と教頭が盃を押頂いて飲んだから、大寺さんも真似をした。それで終である。

大寺さんは、宴席の人数が三分の一ばかりになつた頃帰ることにした。子供の頭ほどもある大きな握飯が出たから、それを持つて帰らうとしたら、司会者の眼鏡が呼び止めて、

——へえ、おつかあとぼこに持つてくだ。

と、更に二つ呉れた。大寺さんが大きな握飯を三つ抱へて帰ると、細君は眼を丸くした。后で判つたが、ぼこ、とは赤坊若しくは幼児のことださうである。

この宴会があつてから、大寺さんは専ら山登りばかりした。水田作りなどは寧ろ例外で、山の作業が多かつたからである。山の畑に行つたり、薪運びに行つたり、吾木香《われもこう》の根や松根油を採りに行つたりした。大寺さんは山の作業が気に入つてゐたから、余り苦にならなかつた。毎日山歩きをしてゐたやうなものである。

山に行くには、学校を出て田圃の間の径を登つて行く。田の畦には紅い蓮華草が咲いてゐる所がある。所どころ杏の木がある。清水の湧いてゐる所もある。階段状の所謂「田毎の月」の田圃で、なかには畳一枚に足りない小さな奴もある。或る男が茣蓙を敷いて、弁当を使ひながら自分の田を勘定したが、何遍数へても一枚足りない。気が附いたら尻の下にあつた、と云ふ滑稽で悲しい小咄を大寺さんは何人かの人に聞いた。現に川田さんも山に行く途中その話をして呉れたことがあるが、そのときは肝腎の所で、一緒に歩いてゐた生徒の一人が先廻りして、

——へえ、尻の下にあつただ。

と大声をあげたので、川田さんはたいへんつまらなさうな顔をした。尤も、山川さんはこんな話はしない。大体長い話は苦手らしく、何か話すときは大きな眼玉で天を睨んで、大声で手取早く片附ける。簡単過ぎて判らないこともあるが、そのときは川田さんが補つて呉れるから

心配無い。

田圃を離れて、山の中腹を通る中央線の線路を越すと、漸く山路らしくなる。その日の作業に依つて路が違ふが、どの路を登つても一箇所は展望に適した台地があつて、そこに立つと山また山に囲まれた平地が一望のもとに眺められた。

正面に並ぶ山の一つを鏡台山と云つて、名月はそこから上るのださうである。最初その山の名前を教へて呉れた生徒は、

——鏡台山ちふだ、校歌にもあるづら……。

と云つたが、大寺さんは校歌を知らなかつたから、成程、と点頭いて置いた。

平地は左右に展け、中央を千曲川が曲りながら長く流れてゐる。川を挟んで幾つかの部落が玩具のやうに散らばり、水田や畑のあちこちに黒い森が見える。村の白い往還は緑のなかに、ちつぽけな絆創膏のやうにくつついてゐる。好く晴れた日だと、左手に善光寺平が霞み、その先に連る山塊の上に、飯綱山とか戸隠山が顔を出してゐる。

風に吹かれて展望台に立つてゐると、大寺さんはときにすべてを忘れてしまふやうな気のすることがあつた。

——何故、茲に立つてゐるのだらう？

と不思議に思ふ。空襲のあつたことなど、遠い昔の夢のやうにしか思へない。それから、想ひ出したやうに、草臥れた編上靴の埃を叩いたりした。

山の作業のなかでも大寺さんの気に入つてゐたのは、吾木香の根の採集と松根油採りである。松根油の方は、生徒が松の枝に細工して空罐などぶら下げてゐる間、大寺さんは松林のなかで午睡してゐれば良かつた。一度、この松にはやらないのかい？　と云つたら、

——へえ、上を見るだ。

とやられた。上を見たら葉の赤くなつた枯松だと判つて、それ以来専ら午睡することにしたのである。

吾木香を採るのは山の大分奥の方で、大きな落葉松林が続き、真紅の山躑躅《つつじ》が咲き、野鳥の声が絶えず聞える。尤も、大寺さんに判つたのは、郭公と鶯の声ぐらゐのものである。そこに誰が見附けたのか吾木香の群生してゐる所があつて、このときは大寺さんもその紅い根をかなり採つた。

最初、大寺さんはその場所に行く迄、山芋を掘りに行くとばかり思つてゐた。

——へえ、ワレモツコの根つこ掘りに行くだ。

と山川さんが云つたのをどうして間違へたか知らないが、山芋掘りと取違へて、それは面白からうと思つてゐた。吾木香と判つて、そんなものを採つてどうするのかと訊くと、タンニンを取ると云ふ。縁の無い話だから、それ以上訊くのは中止した。

こんな作業の合間に、大寺さんは生徒からいろんな植物の名前を教へて貰つたが、大抵忘れてしまつた。

連中は一度に矢鱈に沢山の名前を教へて呉れるから、結果は何も教はらぬと同じことである。ガイロッパなる奇妙な名前を未だに大寺さんは記憶してゐるが、肝腎の植物と結び附かぬから何にもならない。尤も、これは方言らしい。

山の畑は林の一部を伐り開いて作つたもので、専ら馬鈴薯を作つてゐた。その収穫のときに大寺さんも行つたが、大きな奴がどつさり採れた。小粒の奴は別にして、バケツに入れてある。大寺さんが生徒と話してゐると、山川さんが大声で呼ぶから行つてみると、山川さんは大寺さんに小粒のじやが芋の一杯入つたバケツを差出して、

——これ、持つてくだ。

空を睨んで怒つたやうな声で云つた。大寺さんは一瞬、何のことか判らなかつた。それから、自分に呉れたのだと判つて礼を云つたら、山川さんはそつぽを向いて首を振つてゐた。

この坊主頭の大男の山川さんは、見掛に寄らず案外親切な所があつて、大寺さんはいろいろ世話になつた。山の畑とは別に、学校のなかに学校菜園と云ふのがある。学校の林檎畑と隣合せになつてゐて、四囲に金網が廻らしてある。木戸に南京錠が附いてゐて、これを外して這入る。鍵は山川さんと菜園係の生徒の二人が持つてゐる。かなり広い所に、トマト、茄子、キャベツ、胡瓜、南瓜、その他いろんな野菜を作つてゐる。入口近くに小屋があつて、畑に必要な農具とか籠とか秤などが置いてある。

或るとき、山川さんが大寺さんに、野菜は不足しないか？　と訊いた。無論、山川さんも疎

開して来た家族が野菜に不足して困ることは承知の上で訊いたので、大寺さんに、学校菜園の野菜を頒けてやつてもいいと云つた。しかし、余りおほつぴらには出来ない事情があるらしく、休日の朝だけ採つて良いと云ふことになつた。休日の前日に、山川さんは大寺さんに菜園の鍵を渡して呉れる。

尤も、休日と云つても、何日か続けて休のときがある。そのときはその何日間か大寺さんは鍵を預つてゐる訳だが、大寺さんは分を心得て最小限に足を運ぶにとどめて置いた。一度に無茶な量を持帰ることはしないから、山川さんも安心してゐたらしい。

日曜日の朝など、大寺さんは露を踏んで菜園に行く。木戸を開けて這入ると、一面の野菜畑が露に濡れて光つてゐる。大寺さんは小屋に這入つて籠と鋏を持出すと、朝陽に光るトマトとか茄子をぱちんと切つて籠に入れる。何やら、印象派の画のなかの人物になつたやうな気がしないでもない。鳥が啼き、明るく、日曜の朝の学校はひつそりしてゐる。

細君は女だから矢鱈に沢山希望するが、大寺さんは適当に採つて、小屋に這入ると吊してある帳面に野菜の名前を記入する。それから、秤にかけて数字も記入する。これは后で、それに相当する金額を払へばいいのである。

何日か休の続くときは、小屋に当番の生徒が来てゐることもある。帳面に何か書附けたり、野菜の目方を計つたりしてゐる。どことかに出荷するのださうである。生徒は大寺さんが数字を記入するとき、へえ、もつと尠く書くだ、と良からぬことを勧める。ときには、おまけだ、と云つてキヤベツを一箇載せることもある。

休日の翌日、大寺さんは鍵を山川さんに返すのだが、そのときも山川さんは黙つて鍵をポケツトに入れ、礼を云つてもそつぽを向いて首を振つてゐる。后で、大寺さんが学校を辞めることになつたとき、山川さんに礼をしようと思ふが、当時のことだから何も無い。仕方が無いから、細君が半紙に包んで呉れた幾許かの金を山川さんに渡さうとしたら、一分間ばかり天井を睨んでからその包をポケツトに入れ、

――どうも……。

と急に狼狽したやうな顔で頭を下げると、忽ちどこかへ行つてしまつた。

山の畑へ行くと近くに山葵《わさび》畑があるので、一度大寺さんはそこで山葵を買つた。渓流に石が敷き詰めてあつて、その下を清冽な水が行く。麦藁帽子の無愛想な男がゐて、石の間から出てゐる葉を摑んで引抜く。大寺さんは珍しいから買つたのだが、山川さんは大きな眼玉を剝いて、

――へえ、この辺のは駄目だ。

と、莫迦にしたやうな顔をした。尤も、大寺さんの細君は大寺さん同様珍しがつて、その山葵を味噌漬にした。

薪運びと云ふのは、山奥に積んである夥しい薪の束を学校迄運び降すのである。生徒は何れも背負子《しよいこ》と云ふ奴を背中に附け、そこに薪を三把、四把と積んで山路を降る。連中はそれを三ぞく、四ぞくと云ふ。ぞく、は束のことだらう。尤も、女生徒は大抵二把ぐらゐ積んでゐる。

一人、五把も積んでゐる大きな女の子がゐて、大寺さんが感心したら、男の生徒が大寺さんに、

——へえ、あれは五馬力つちふだ。

と教へて呉れた。

薪を背負つた生徒を見ると、大寺さんは二宮金次郎の行列を見る気がしたが、生徒は大声でお喋りしながら降るので、無論、本なぞ手に持つてゐない。

——この薪もどこかへ出すんですか？

——冬になつたら、教室のストオヴで燃すですだ。

と、川田さんが云つた。

冬、と聞いて、大寺さんはうつかり忘れてゐたものが俄かに甦る気がした。冬になると、作業も出来なくなるから教室へ這入る。教室にはストオヴが燃え、窓から冬景色が見える筈である。或は、雪が散らついてゐるかもしれない。しかし——その頃、世の中はどうなつてゐるだらうか？　大寺さん自身、まだ茲にゐるのだらうか？　大寺さんはついそんなことを想ひ出して、気が滅入る。

その学校にゐる間に、大寺さんは宿直と云ふ奴を二度ばかりやつた。宿直室と云ふ八畳の部屋があつて、夕方になると小使が食事を持つて来る。それを食つて寝て、朝食を食つて帰つて来る。食事はお粗末で——と云つても丼一杯の白い飯が出るから、当時とすればお粗末どころ

ではないかもしれないが、これに蕨の煮附と味噌汁が附く。二食共同じ献立である。

最初のとき、宿直室に這入つたが何の風情も無い。そこで図書室に行つて、落語か講談の本は無いかと探したが、そんなものは見当らない。仕方が無いから、その土地に敬意を表して「更科紀行」の入つた一冊と、世界地理風俗大系とか云ふ大きな本を四、五冊抱へて戻つて来た。それを机の上に載せて、ぼんやり頬杖を突いてゐると、宴会のとき司会をした眼鏡が顔を出した。

――へえ、宿直の御感想は如何なものでございませう？

さう云ふと坐り込んだ。如何、と云ふとき「い」に強いアクセントを置くのである。話を聞くと、この田中さんと云ふ陽気な男は一平叔父の細君、つまり大寺さんの細君の叔母と従兄妹とか又従兄妹の間柄らしい。

――へえ、従つて大寺先生とも満更赤の他人ちふもんでもないだ。

――さうですか……。

初めて聞く話だから、大寺さんは少し吃驚した。それで、宴会の帰りに握飯を呉れたのかもしれない。田中さんはそれから、若いとき叔母にひそかに想ひを寄せてゐたが、これは全くの片想ひと云ふ奴に終つた。叔母が嫁に行くと判つたとき、自分は満開の桜の樹の下で落涙したものだ、と云つて大きな口を開けてげらげら笑つた。この田中さんは、田植式のときにラッパを吹いた人である。

田植式と云ふのは、七月の初めにあつて、運動場に続く学校の田圃に苗を植ゑる式である。

国歌を歌つて校長の訓辞が済むと、一人の生徒が校長から苗を頂き、他の二人の生徒が田に綱を張る。途端に田中さんが、矢鱈に大きな音を立てて大きなラッパを吹鳴らす。それに合せて一同校歌を歌つてゐる裡に、二人の生徒が田に苗を植ゑる。校歌が済むと、いま迄歌つてゐた生徒も全員田植をする。先生もやる。

——へえ、やつてみねえですか？

と川田さんが云つたが、大寺さんは遠慮した。何しろ、あちこちで田のなかに堂堂と小便をしてゐる連中がゐたから、見合せたのである。

田中さんは食事どき迄話し込んでゐたが、小使の持参した夕食を覗込むと、

——へえ、好い加減にするだ、また蕨だかいや？

と、うんざりした顔をして立上つた。

后で大寺さんが田中さんの話を叔母に伝へたら、

——なにちやらんぽらん云つてるだか、あのラッパ。へえ、莫迦らしい、あたしが嫁に来たのは菊の咲く頃だつたに……。

と云つた。

日が昏れると、学校は急に森閑としてしまふ。大寺さんは図書室から持つて来た「更科紀行」を覗いてみたが、芭蕉の辿つた道順と大寺さんの頭のなかにあるこの辺の地図とが一致しない。それを考へてゐると、どやどやと七、八人の生徒がやつて来た。これは、愉しみつちふものが

ねえだ、と云つた生徒を親分とする一隊で、この連中はときどき「今晩はあ」と大寺さんの住居に押掛けて来る。話を聴きに来るのである。これを知つて他の連中もやつて来たりして、その都度、細君は子供を連れて母屋に待避する。狭い部屋に家具があるから、連中の半分は廊下に坐らねばならない。

この晩も大寺さんの家に行つて、宿直と知つて学校へ廻つて来たと判つた。連中は「宝島」の続きを一時間ばかり聴いて帰つたが、大寺さんも忘れてゐる所は適当に案配する。度重なるとサモア島のツシタラならぬ大寺さんはいろいろ苦労する。

連中の帰つた后、大寺さんは四、五冊の地理風俗大系を漫然と見た。パリの下町が出て来たり、ヴエルサイユ宮が出て来たりする。ベルリンの美しい並木路、ライン河畔の古城、ロンドンの街の鼻垂小僧、ロシアの農民……。しかし、と大寺さんは考へる。その連中の多くは疾うに死んだらう。濃艶な微笑を送る美女も、いまは皺だらけの婆さんだらう。街の姿も変つたらう。現にベルリンの美しい並木路は、戦争で全滅したと新聞に出てゐた。写真はすべて平和そのもので洵に長閑なのだが……。どう云ふものか、見てゐる裡に、大寺さんは次第に憂鬱になつて、ぼんやり考へ込んでしまつた。

二度目のときは、相棒がゐた。宴会のとき大寺さんの隣にゐた小柄の老人で、もう七十歳は越してゐたかもしれない。

――引退すると引張り出される、また引退すると引張り出される。もうこれで四度目ですだ……。

と、老先生は云つた。

この中井さんは腰が少し曲つてゐて、短く刈つた髪も殆ど白くなつてゐる。草臥れた霜降小倉の上衣に黒いセルのズボンと云ふ恰好で、暇なときは学校中を歩き廻つて、壊れものを見附けては修理してゐる。金鎚でも鍬でも柄の所に字が書いてあれば、それは中井さんの修理したものである。何でも修繕すると中井さんは筆で年月日と自分の姓名を叮嚀に書き、その下に謹製と記す。その文字は教室の机や椅子の脚にも見られるし、小使室の外に掛けてある盥にもある。だから、みんなが茶を飲んでお喋りしてゐるときも、中井さんが一緒に坐つてゐることは滅多に無い。あちこち、壊れものを探して歩くか修理するかしてゐる。

しかし、会議と云ふ奴があるときは、止むを得ず片隅に坐つて、たいへんつまらなさうにしてゐる。尤も、会議と云つても肝腎な話は直ぐ片附くのだが、その后、お茶の会、とか称するものがあつてこれが蜿蜒と続く。話は毎日四時迄喋つてゐることと大差無いが、親睦の集ひとか云ふためかどうか知らないが、あつさり解散しては申訳が立たないと云ふことなのかもしれない。

一度、そのお茶の会があつて、例に依つて世間話が始つた。大寺さんは弁当を取られた男の話を聞いた。或る男が汽車に乗るとき弁当を取られた。見ると、プラットフオオムで自分の弁当を食つてゐる男がゐる。間も無く発車するし混んでゐて動けないから、窓から、それは俺の弁当ではないか、と怒鳴ると、相手は、さうだ、しかし、俺は腹ぺこなのだ、と澄してゐる。止むを得ず、早く食つてせめて弁当箱だけは返して呉れ、と拝むやうに頼んだと云ふ。

——へえ、世も末世つちふもんだ。

と、みんな慨歎する。それから、千曲川の対岸の山のなかに大本営が移つて来る、と云ふ話も聞いた。大工事が行はれてゐて、何れこの辺が戦場になるかもしれないと云ふ。疎開して来た先が、日本一の激戦地になるらしいから、大寺さんは話が違ふと思ふ。

——へえ、その場合の対策を考へて置いた方がいいでないですか……。

と川田さんが提案したから、大寺さんはまた会が長引くと心配したが、これは校長や山川さん他多数が、未だそのときに非ずと潰してしまつた。それから、またいろんな話が続いてゐると、爆音が聞える。窓際の三、四人が空を仰いで——複葉の練習機だ、とか云つてゐる。田中さんなどわざわざ窓の所迄立つて行つて、

——遅い飛行機だなあ……。

と感心した。すると、片隅にゐた中井さんが云つた。

——遅い筈だよ、もう六時だ。

ではこれで、と校長が云つて会は忽ち終になつたが、みんな毒気を抜かれたやうな顔をしてゐた。爾来、大寺さんは中井さんにひそかに敬意を表してゐるのである。

大寺さんはその夜、中井さんと宿直室で暫く話をした。しかし、中井さんの話は遠い過去の

ことばかりで、而もその登場人物を大寺さんが知つてゐると思つてゐるらしい口吻だから、これには大寺さんも閉口した。

——あれは大正の末年か昭和の初年であつたか、あの学校に何某君がゐましただ。御承知でせうが、何某君は郷土史家として名の通つた人物でな……。

その何某君と中井さんがどうとかしたと云ふのだが、大寺さんには珍紛漢である。望遠鏡の話も聞いたが、これもよく判らなかつた。神戸に英人と日本人の混血児がゐて、それが何とか云ふ外国人の磨いた八吋《インチ》のレンズを持つてゐたのを、中井さんの兄が手に入れたと云ふ。中井さんの兄さんがどう云ふ人か——生きてゐるのかどうかも大寺さんは知らない。しかし、中井さんは知つてゐるものと極め込んでゐるらしいから、大寺さんも訊かなかつた。何でも、その外国人の磨いたレンズは芸術品としても貴重なものなのださうである。

翌朝、大寺さんが眼を醒したとき、中井さんはもう寝床にゐなかつた。朝食のとき戻つて来たから訊くと、農具小屋の戸を修理してゐたのだと云ふ。

——よくおやりになりますね。

——なあに、折角学校へ勤めさせて貰つてるだから、ちつとはお役に立てばと思つてるだけでな……。

——疲れませんか？

そのとき、中井さんは顔を上げて、ふふふ、と笑つた。

——疲れるだな……。

大寺さんは、中井さんの笑顔を初めて見た。

その日、大寺さんは朝食が終ると学校から帰宅した。ちやうど一月遅れの盆の始つた日で、大寺さんは道で、山から尾花、萩、桔梗などを採つて帰つて来る子供達を見掛けた。ところがこの日、長野、上田方面に空襲があつた。

警報が鳴つて遠くで高射砲の音がする。

——大寺でえ。

と云ふ訳で、大寺さんは一平叔父と一緒に裏の千曲川の土堤に上つた。遠く左手に幾つか飛行機が小さく見える。艦載機らしく、急降下し、上昇し、旋回し、再び急降下するのが見える。二人は暫く黙つて見てゐた。

——へえ、いよいよこの辺も危くなつて来ただな……、と一平叔父が云つた。この辺の大きな土蔵にも軍の器械が大分来てるだ。

大寺さんは学校の講堂にも、大きな木の箱が沢山積まれてゐるのを想ひ出した。内容は判らないが、休暇中に兵隊が運んで来たのである。

——へえ、空襲だと云ふのに、暢気な奴もゐるものだ……。

一平叔父の指す方を見ると、土堤の下の石の上に立つて釣をしてゐる男がゐる。大寺さんは苦笑した。大寺さんもだが、一平叔父も着流しの儘で土堤の上に立つてゐる。

——われわれも、暢気ぢやないとは云へませんね。

——成程、尤もなことを云ふだな、と一平叔父も苦笑した。まあ、死ぬときは死ぬとき、それ迄は暢気にしてるがいいだ。

大寺さんの頭のなかでは、空襲と編上靴は切離せぬものだつたから、下駄穿きで遠くの空襲を見てゐると奇妙な気がしてならなかつた。

——へえ、もう帰つてお茶にするだ。

と、一平叔父が云つて二人は引返した。少し左手の山の中腹の緑のなかに、駅の赤い屋根が見える。大寺さんが大きな荷物を背負つて、編上靴を穿いて、その駅に降りてからもう三ケ月近く経つ。大寺さんは裏の原つぱを想ひ出して、防空壕はどうなつたかしらん、と思つたりした。……戦争が終つたのは、それから二日后のことである。

戦争が終つても、大寺さんは相変らず山登りを続けた。作業は新しい畑の開墾で、これ迄と何の変りもなかつた。大寺さんは戦争の終つた日、白い往還に出てみたが、何ら変つた所は見られなかつた。相変らずひつそり閑と静まり返つてゐた。それから、ちつぽけな子供を連れて千曲川の土堤に上つてみたが、矢張り変つたことは無かつた。

水は葦の茂つた中洲の両側をゆつくり流れ、ポプラは風に葉を翻し、対岸の遠い山裾を汽車が通つた。

その日も、土堤の下で釣をしてゐる男が見えた。

——何を釣つてゐるのだらう？

大寺さんは、その男に訊いてみたいやうな気がしたのを憶えてゐる。それから、子供の手を引いて歩いて行くと、土堤の下に水田があつた。それを見て大寺さんは驚いた。大寺さんが初めての作業に随いて行つた所で、石ころだらけの荒地だつた川原の姿はどこにも無い。青い稲が風に波打つて、大寺さんは不思議なものを見る気がした。

子供はあちこち指しながら、何やら訳の判らぬことを口走つてゐる。どうせ聞いても判らぬから、大寺さんは大寺さんで取留の無いことを考へてゐたやうに思ふ。尤も、それは何も考へなかつたと同じことだつたかもしれない。

——一体、何があつたと云ふのだらう？

大寺さんの頭のなかに「或る日」があつて、その日が余りにも遠く思はれたので、大寺さんは殆どその日を見ることは出来ないやうな気がしてゐた。それが、突然やつて来た。大寺さんは、ぼんやりしてしまつた。多分、そんなことだつたらう。

大寺さんが憶えてゐるのは、夜になつて一平叔父の住居の方が莫迦に喧しくなつたことである。村の男が何人もやつて来て、何故中止したか、と腹を立ててゐた。その大声が大寺さんの所にも聞えて来た。一平叔父の声も聞えた。

――へえ、ものごとは長い眼で見るものだ。お前等は大体、直ぐ逆上するだが、それはよくないことだ……。

一平叔父に怒つても仕方が無いのだが、村の世話役の如きものだつたから、連中は鬱憤を聞いて貰ひに来たのらしい。しかし、これも三晩とは続かなかつた。

もう一つ憶えてゐるのは、校庭に生徒を集めて、校長が壇上から話をしたときのことである。校長は中年の落着いた人物だつたが、その話の途中で声をつまらせ、嗚咽した。

しかし、生徒の多くは寧ろ訝し気に、或は呆気に取られた表情で、壇上の校長を見上げてゐた。

――へえ、泣いてるだ。

――何故、泣いてるだいや？

そんな声が聞えて、大寺さんにはその方が不思議でならなかつた。

これが済むと、后は従前通りで、何の変化も無かつた。山の作業を続けたのも、恐らく、山から教室へ俄かに時間表を組替へることなど考へられなかつたのかもしれない。

――この儘続けるだ、へえ、いま更どう仕様も無いだ。

と、山川さんは怒鳴つてゐたが、多少依怙地になつてゐたかもしれない。しかし、川田さんの方はこれに少しばかり批判的だつたらしく、大寺さんにこんなことを云つた。

――へえ、何れ近い裡に、教室も使はねばならなくなりますだ。

――さうですか……。

——その暁には、わたし等も大寺先生の御高説を拝聴するつちふもんですだ。

どうも気になることを云ふ人だ、と大寺さんは思つた。尤も、大寺さんは、川田さんは「近い裡」と云ふが、その頃迄果して学校にゐるだらうかと考へてゐた。と云ふのは一平叔父と相談して、当方はいつでも辞める用意があるから、と既に校長に申出てあつたからである。校長の方では前任者が帰還しても、大寺さんが希望すれば暫くゐられるやうに取計つてやる、と云つて呉れたが大寺さんは辞退した。帰れるやうになつたら、直ぐ帰京する心算だつたのである。

山の作業は、一週間ほど続いて休になつた。村の学校の休暇は、大寺さんの知つてゐる夏休とは些か違つてゐて、例へば七月上旬に十日ほど休があつたり、七月下旬から八月上旬迄休んだり、それから、八月下旬から九月上旬迄休になつたりする。農家の子供が多いから、その生活に合せて休を作るらしい。

明日で休暇になると云ふ日——八月下旬のことだが、大寺さんは山の展望台に立つて、もうこの景色を見ることも多くはないだらう、と妙に懐しいやうな気がしたのを憶えてゐる。晴れたかと思ふと小雨の舞つたりする日で、却つて空気が澄んでゐるのか、遠く長野の方迄見えた……。

九月になると秋風が吹いて、秋風と共に村に兵隊達が帰つて来た。そのなかの一人に大寺さんの前任者の先生がゐて、大寺さんは思つてゐたより早くお役目御免となつた。まだ休暇中のことだつたから、一週間ほど山登りしたのが最後の作業になつたのである。而も、その作業の最后の日に、大寺さんは地下足袋を貰つた。大寺さんがそれを一平叔父に進呈すると、一平叔父はそれを使つてゐる男にやつた。もつと早く貰つたとしても、大寺さんは編上靴は脱がなかつたらう。大寺さんはその学校にざつと三ケ月ゐたことになるが、学校を辞めたとき初めて、戦争は終つた、と云ふ実感があつた。

大寺さんの前任者は坊さんで、大寺さんより十歳ばかり年長で三十五、六の筈なのに、もう頭の天辺が禿げてゐた。わざわざ大寺さんの住居を訪ねて来て挨拶し、そればかりか、大寺さんと一平叔父を自分の寺に招待して呉れた。その日、雨の上るのを待つて、大寺さんと一平叔父は自転車に乗つて出掛けた。林の道の外れ迄来たとき、

――大寺でえ。

と、一平叔父が云つて片手を伸した。

見ると、正面の空一杯巨きな虹が架つてゐる。洵に鮮かな色彩で、大寺さんは呆気に取られた。

――へえ、見事な虹だ。

余りにも見事で、上手く出来過ぎてゐるやうな気がしないでもないが、大寺さんはそんなに鮮かで巨きな虹は初めて見たのである。

その日、大寺さんと一平叔父は大きな樹立に囲まれた寺で御馳走になつた。蜩が頻りに鳴いて、蜩の寺ですね、なんて云つたのを大寺さんは憶えてゐる。大寺さんはその坊さんを随分鄭

重な人物だと思つてゐたが、多少の誤解もあつたらしい。

——わたしのために、大寺先生が辞められると考へますと、へえ、洵に申訳無くお気の毒でして……。

大寺さんは、そんなことは無い、それは間違だと云ふことを強調し、一平叔父も説明したが、坊さんは二人が帰る迄、何度もその話を持出しては恐縮してゐた。若しかすると、酔つてゐたのかもしれない。

その頃、秋風の吹く白い往還には、帰つて来た兵隊の姿がよく見られた。この連中は坊さんよりもずつと若く、また鄭重でもなかつた。二人、若しくは三人で、兵隊達は大声で怒鳴つたり、軍歌を歌つたりしながら、往来を往復した。大寺さんは、緑色の襯衣を着て白く汚れた軍靴を穿いた連中が、示威行進でもするやうに土埃を立てて歩いてゐるのを何遍も見た。

一度、神社の角を曲つて、一台のトラックが白い往還に出て来たことがある。多分、どこかの土蔵にある軍の器械か何かを回収に来たものらしく、兵隊が運転し、隣に若い将校が坐つてゐた。荷台にも三、四人兵隊が乗つてゐた。そのとき、二人の兵隊が肩を組んで往来の真中を歩いてゐたが、トラックを見ても道を開けようとしない。無論、将校に敬礼もしない。トラックが徐行しながら警笛を何度も鳴らすと、漸く道を開けて、トラックが通り過ぎると、肩を叩き合つてげらげら笑つた。

若い将校は終始、正面を睨んだ儘黙つてゐた。乗つてゐる兵隊達も何も云はなかつた。

——……成程。

見てゐて、大寺さんは少しづつ何か判るやうな気がした。

白い往還を歩いてゐないときは、連中は千曲川の土堤のポプラの樹の下で午睡した。大寺さんは散歩に行つて、連中が顔の上に帽子を載せ、眠つてゐるのをよく見掛けた。ときには林檎を齧つて、その芯を川面に投げたりしてゐた。それから、夕暮になると、何となく草臥れた様子で帰つて行く。

大寺さんは、また少し何か判る気がした。

連中が帰つて行く頃、山の方から冷い風が吹いて来て、風は山の斜面にぱらぱらと灯を撒き散らした。大寺さんは、山の斜面にそんなに家があつたとは知らなかつたから、最初見たときはたいへん驚いた。別に大寺さんが迂闊だつた訳では無い。その灯が管制で遮蔽されてゐたのである。その灯を初めて見たとき、大寺さんは思ひ掛けず昔馴染に出会つたやうな気がした。遠く忘れてゐた感情が不意に甦つて、大寺さんは夕暮のなかに長いこと立つてゐた。

或る日——それはもう兵隊達も示威行進に疲れてしまつた頃だが、大寺さんが部屋で本を読んでゐると、生徒だつた三、四人が慌しくやつて来た。

——へえ、アメリカのジイプが来ただぞ。

大寺さんには何のことかよく判らなかつた。

――ジイプつて何だい？

――へえ、ジイプ、知らねえだかいや？

連中は呆れた顔をして、大寺さんも面目無かつたが、知らないものは仕方が無い。聞いてみると、米軍の小型の車が来て、白い往還に駐つてゐるらしい。

――何しに来たんだい？

連中の話だと、何でも或る家の土蔵を調べに来たと云ふ。アメリカ人が四人来て、車を往来に駐めると、その裡三人が降りて狭い露地に這入つて行つた。残つた一人は真黒な奴で、運転手だと云ふのである。

――へえ、おつたまげただ、真黒だもんなあ……。

――女のアメリカ人もゐるだに……。

――女？　ほんとかい？

――へえ、ほんとだに。

それから連中は大寺さんに、是非見に来るやうに勧めると、再び慌しく出て行つた。大寺さんはちつぽけな子供を連れて、門の所迄出て見た。成程、白い往還の途中に人だかりがしてゐて、車が一台駐つてゐる。しかし、かなり距離があるし、人垣に妨げられてよく見えない。

間も無く、人垣が崩れた所を見ると、露地から誰か出て来て車に乗つたのだらう。弥次馬が車の傍から離れたから、大寺さんの方に背を向けてゐる車が見えるやうになつた。途端に、車はその儘猛烈な勢で神社の方に背走して来ると、華表の手前で停り、くるりと威勢良く方向転換すると再び停つた。乱暴な運転だと大寺さんは呆れた。

見ると、四人のアメリカ人と連中の云つた四人の裡の二人は日本人で、通訳らしい。一人は草臥れた洋服を着た初老の男で、もう一人は粗末な洋装の三十ばかりの女で、華表を見上げてゐるアメリカ兵と何か話してゐる。その間、運転係の黒人兵は、自分も華表を見上げたり、白い眼で大寺さんと子供を見たりしてゐた。

尤も、連中が駐つてゐたのは二、三分ぐらゐで、車は突然威勢良く走り出すと、神社の角を曲つて忽ち消えてしまつた。ちつぽけな子供は車が走り出すと手を叩き、見えなくなつてもまだ叩いてゐる。何を考へてゐるのだらう？　大寺さんが、ぽんと子供の頭を叩くと、漸く手を叩くのを止めた。それから、子供と門を這入りながら、分室にゐた乙某さんを、また中庭にゐた金髪の男を想ひ出して、あの二人はどうしたらう、と思つたりした。

——アメリカ兵、ほんとにゐましたの？

と、庭で洗濯物を干してゐる細君が云つた。

——うん。ゐた。

——四人来たんでせう？

——二人だ。

——あら、四人ぢやなかつたの？

——二人だ。

——ぢや、男と女？

大寺さんは細君の頭を叩いたら、質問を止めるかしらん？　と思つたが、そのとき——大寺でえ、が聞えたので母屋の方に歩いて行つた。

〔1967（昭和42）年9月「群像」初出〕

落葉

狭い庭の真中辺に漆の木があつて、秋になると美しく紅葉する。夏の間は矢鱈に葉を茂らせてゐて何の風情も無いが、紅葉すると途端に面目を一新する。何の取柄も無いちつぽけな庭が何だか華やいで、垣根の外を通る人が、綺麗だなあ、と感心してゐる声を聞くことがある。

この木を植ゑたのはもう大分前のことになるが、別に漆を植ゑようと思つて植ゑたのではない。いつだつたか、小説家の清水町先生のお宅に伺つたら、

——君、ななかまどを植ゑるならやるよ。

と云はれて、ななかまどの苗木を一本下さつた。三十糎に足りない線香ぐらゐの太さの苗木で、葉は附いてゐなかつた。それを有難く頂戴して帰つて、庭の真中辺に植ゑた。将来のことは一向に考へないから、それがやがて大木になるとは夢にも思はない。

当方はななかまどを植ゑた心算なので、無論、漆を植ゑた心算ではなかつた。大体、そのちつぽけな苗木が漆かななかまどか、そんなことはさつぱり判らない。清水町先生がななかまど

と云へば、ななかまどに間違無いのである。

——あれが清水町先生から貰つた、由緒あるななかまどだ……。

友人が来たときなど、さう云つて教へるが、灌木の茂みの近くだから、それに何しろちつぽけな苗木だから、なかなか焦点が定まらない。

——ああ、あれか……。

大抵判つたやうな顔をするが、視線を辿るととんだ見当違をしてゐるから、焦れつたいこと夥しい。

それから暫くして清水町先生にお会ひしたら、先生は何だかつまらなさうな顔をして云はれた。

——君、あのななかまどは植ゑたかね？

——ええ、植ゑました。

——ふうん、あれは贋物なんだ。あんなもの、抜いた方がいいよ。

これには驚いた。どうも腑に落ちない話だと思ふ。贋物とすると、あの木は一体何の木ですか？　先生は片附かない顔で、何の木か知らないが、兎も角ななかまどでないことは確かだと云はれる。何でも夜店の植木屋で、ななかまどと云つて売つてゐたのを買つて来たが、その后疑問の点が多くなつて、贋物と云ふ結論が出たのださうである。その辺の詳細は忘れてしまつたが、清水町先生が贋物と云へば贋物に間違無いのである。

ななかまどの贋物と判つても、折角植ゑたものを抜いてしまふ気にはなれない。他に呼びやうも無いから、贋のなかまど、と呼ぶことにしようと思ふ。

抜かなかつたら贋のなかまどは自然に大きくなつて、黙つてゐても訪ねて来た人が、

——あれは何の木ですか？

と訊くやうになつた。訊かれるたびに、贋のなかまどと答へてゐたが、それでは余り芸が無い。或るとき、植木屋の親爺が来たから、想ひ出して訊いてみた。

——これは何の木かしら？

——べにうるしだと思ひますが……。

と親爺は云つて此方の顔を見た。植ゑた当人がその木の名前を知らない筈は無い、と云ふ顔である。矢張りさうか、と云へば恰好は附くが、親爺は僕の植物の知識なぞ初めから信用してゐない。

——紅漆？　漆はかぶれるんぢやないのかい？

——いいえ、これはかぶれません。

紅漆は矢鱈に大きくなつて、柿の木を追越し、ポポを追越し、木蓮を追越して五米ばかりの高さになつた。それが秋になると美しく紅葉するのである。黙つてゐると矢鱈に枝を伸すから、植木屋の親爺に下して貰ふが、親爺は口には出さないがつまらん木を植ゑてゐると思つてゐるらしい。或るとき、

——この紅葉は綺麗だね。

と云つたら、親爺は笑つて、

——さうですね、まあ、それだけが取柄ですから……。

と云つた。

この木の三米ばかりの高さの小枝に竹筒が結び附けてあつて、そこに牛脂が入れてある。四十雀が来てそれを啄む。最初、柿の木の枝に結び附けて置いたら、直ぐ失くなつてしまふ。どうも変だと思つてゐると、或る日、一匹の猫が柿の木に登つてゐた。こら、と怒鳴つたら逃げて行つたが、一日中猫の行動を監視する訳には行かない。だから、猫が渡つて行けないやうな小枝の先に移したのである。

狭い庭に葉を落す木が雑然と植ゑてあるから、そのため庭中落葉だらけになつてしまふ。落葉と云つても、陽の当る縁側でぼんやりしてゐると、黄ばんだ木の葉が想ひ出したやうにちらほら散つて来ると云ふのは悪くない。昔、古い街道を歩いてゐたら、夕暮近く強い風が吹出して、街道沿の欅の並木が一斉に身震すると、夥しい木の葉を空に撒き散らした。想ひ出すと、それも悪くなかつたと思ふ。

しかし、狭い庭一面落葉が積つてゐるのは恰好が悪いから、掃き寄せて庭の片隅で焼くのである。尤も、来客のなかには、

——一面の落葉で、風情がありますね……。

と愛想を云ふ人もある。わざわざ落葉をその儘にして置いて、自然の姿を愉しんでゐると思ふらしい口吻だが、そんな心掛は無い。一面の落葉だつたら、それは掃くのを怠つたからで、当方には、随分落葉を溜めましたねと聞える。

殊に煉瓦のテラスの上の落葉や、池の上に浮いた落葉は眼障で不可ない。池の落葉は底に沈むと困るから、浮いてゐる裡に目の粗い笊で掬ひ取る。或るとき、紅漆の落葉がどつさり池に浮いたから笊で掬つて捨ててゐると、掬つた一枚の葉が動いてゐる。気が附いたら、金魚だつたのには吃驚した。気を附けないと不可ない。

落葉を掃き寄せて火を点けると、昔、中学生の頃漢文の教科書にあつた、林間暖酒焼紅葉、と云ふ詩の一行を想ひ出すことがある。想ひ出したからと云つて、酒を暖める気にはならない。それよりも白い髭を蓄へた漢文の先生とか、それに続いていろんな忘れてゐた顔が甦つて来て、ちろちろ燃え上つては崩れて行く。その上に、箒で落葉を積上げると、一旦焔が収まつて淡い煙が流れる。その裡にもくもくと白く濃い煙が脹れ上つて、突然焰が拡つてぱちぱちと音がする。

焚火する近くに茶の木があつて、落葉を焼く頃は寂しい白い花を咲かせてゐる。この木も清水町先生から頂戴した。家を建て直すことになつて、植ゑる余地が無くなると云ふ理由からだつたと思ふ。

——随分、大きな茶の木ですね……。

——うん、放つといたら大きくなつた。夜店で買つたんだ。

この木は線香のやうな漆の苗木と違つて、茶の木としては珍しく大きな木だつたから、植木屋に頼んで運んで貰つた。

尤も、その頃植木屋の親爺は身体具合が悪かつたので、その弟子だか子分の田口と云ふ親爺に運んで貰つた。弟子と云つても、親方と余り齢が違はない。もう六十に近かつたかもしれない。本職はポムプ屋だが、仕事を息子に譲つて暇だから、知合の植木屋の親爺に弟子入したのである。親方は温和しくて言葉も叮嚀だが、弟子は眼玉の丸い威勢の良い親爺で、言葉遣も叮嚀ではない。

その日、電車に乗つて荻窪の清水町先生のお宅に行つたら、田口親爺の声が往来迄聞えて来たから、先に来てゐることが直ぐ判つた。門を這入ると、先生と親爺は並んで縁側に腰掛けて何か話してゐる。何を喋つてゐるのか判らないが、親爺は、

——へえ、そんなもんかね……。

と云つた后で急いで、

——はあ、左様ですか……。

と云ひ直したりしてゐる。精一杯、叮嚀な言葉を使はうと努力してゐたらしい。その后、ちよつと植木の話か何かして、親爺は二米近い茶の木を苦労してリヤカアに積込むと帰つて行つた。

——ぢや、頼むよ。

と云つたから腰を上げたので、黙つてゐたらまだ坐つて話してゐたかもしれない。
二、三日したら田口親爺がやつて来た。
――あそこに植ゑときましたが、あれでいいかね？

――うん、有難う。

――でつかい茶の木だね、あんなの初めて見た……。あの旦那の話だと、夜店で買つた安物ださうだけど、かうなりや立派なもんだね……。

親爺は茶を飲んで暫く話して行つたが、清水町先生の話が余程面白かつたらしい。

――あの旦那は小説の先生ださうだけど、どうもたいへんな物識りだね。植木のことも私なんかよりよつぽど詳しいね……。

と頻りに感心してゐる。それから、

――へえ、滅法話の面白い先生だ。あれなら一日中聴いてゐてもいいね……。

と云つた。


線香ぐらゐの紅漆が五米の高さになつたのに、二米あつた茶の木がいまは一米ぐらゐしか無い。田口親爺が間違つて伐つたからである。茶の木をリヤカアで運んで来てから、二、三年経つた頃だつたと思ふ。

或る日、親方と弟子の二人の親爺がやつて来た。親方の親爺は垣根を刈込み、弟子の方は専ら枝下しをやつてゐた。部屋で本を読んでゐると、何だかよく判らないが親爺二人の話声がして、茶の木がどうとか云つてゐる。田口親爺は大声だから、内緒話でも聞えてしまふ。落着かないから出て行つたら、茶の木が半分の背丈になつてゐるのである。

——何だい、これは？

——いやあ、どうも申訳ありません。

と親方は鳥打帽を取つてお辞儀した。

——どうも……。

田口親爺は仏頂面をしてゐる。

——どうしたんだい？

親方が理由を説明して呉れるが、それがどうも要領を得ない。聴いてゐて、何のことかよく判らない。どうも親方の指図を弟子が早合点して間違へたと云ふことらしいが、聴いてゐると二人のどつちが悪いか判らないやうな具合になつてゐる。どつちが悪いにせよ、一度伐つた木が元に戻るものではないから、腹は立つが諦める他は無い。

清水町先生の所から運んで来るとき、長過ぎるから上の方を切つたらどうだと先生が云はれたら、田口親爺は、折角大きくなつた木だから、この儘持つて行くと云つて、それに僕も賛成した。さう云つた当人が、その木を伐つたのだから納得が行かない。

——伐つちやつたんだから、いま更、仕様が無いな……。

——へえ……。

親方はもう一度お辞儀した。

田口親爺は説明の間、眠れつ面をして横を向いてゐたが、一段落したと思つたのかもしれない。

——何だか、変だとは思つたんだ……。

と独言を云つた。変だと思つたらよく確めればいい、と思ふのは此方の考へだが、田口親爺は一体どう思つてゐたのだらう？

折角の茶の木を、半分にちよん切られて面白くない。仏頂面をして机の前に坐つてゐると、田口親爺が窓の外で、

——この月桂樹は随分大きくなつたもんだ……。

とか独言を云つてゐる。

知らん顔をしてゐたら、窓から覗いて、

——お勉強ですか？

と改つた口を利いた。見ると、何だか懐しさうな顔をして笑つてゐるのである。それから、中途半端な会釈をすると、

——あの、小説の先生はお元気ですか？

と云つて行つてしまつた。どう云ふ心算だつたのかしらん？

草花の鉢植を買つて、枯れてしまふとその鉢は縁の下に入れて置く。その鉢が沢山あるのを見て、或るとき植木屋の親爺が欲しいと云つた。親爺は盆栽をやつてゐるので、それに利用するのらしい。一度、盆栽を見に来いと云はれて見に行つたことがある。歩いて二十分ばかりの所に住んでゐるから、散歩がてら行つたのである。

小さな庭に棚が何列も並んでゐて、その上に小さな鉢がどつさり並べてあつた。此方の考へてゐた盆栽と違つて、五糎か、大きくても十糎に足りないぐらゐの木ばかりだつたと思ふ。

——随分、小さな盆栽だね……。

と云つたら、親爺はそれが自慢らしく、小さく作るのが難しいのだ、といろいろ説明して呉れたが、生憎みんな忘れてしまつた。なかには盆栽としてかなり珍しい木もあつたらしいが、これも忘れてゐる。僕は盆栽には興味が無いし判らないから、見せた親爺も張合が無かつたかもしれない。

鉢を持つて行つて暫くしたら、その礼だと云つて、親爺が凌霄花《のうぜんかずら》を持つて来て呉れた。幹の太さは直径三糎ほどもあるが、長い蔓は切つてあつたから丈は三米ぐらゐしか無い。

——矢張り、栗の木にしますか？

——うん、その方が良ささうだな……。

親爺は持つて来た凌霄花に竹を宛がつて、栗の木の幹に寄せて植ゑた。栗の木にはその前から凌霄花が這はせてあるが、これはその何年か前に友人の車で安行《あんぎょう》に遊びに行つたとき買つて来たのである。四、五十糎の丈の奴を三本買つて来て、一本は栗の木に、あと二本をヒマラヤ杉に這はせたら、どこかの仔猫が遊びに来て、ヒマラヤ杉で木登りの稽古をやる。気が附いたら、二本共駄目になつてゐた。それでがつかりした話をしたから、親爺は凌霄花を持つて来たのだと思ふ。

——これは直ぐ花が咲くかしら?

——さあ、蔓が切つてありますし、それに木が少し弱つてゐますんで……。

親爺は自信の無ささうな顔をしたが、成程親爺の云つた通り、この木は余り威勢が宜しくなかつた。太い幹から細い蔓が出たが、なかなか伸上らない。

昔、清水町先生と友人の吉岡と三人で、甲州の波高島に行つたことがある。ぽつんと一軒ある宿屋に泊つて、清水町先生はその二階の座敷で原稿を書かれる。僕と吉岡は近くの河原を歩いたり、山裾を散歩したりした。駅の近くには人家もあるが、宿屋の近くには一軒も無い。風の強い所で、清水町先生が原稿用紙を飛ばされないやうにインク瓶を載せて置くと、インク瓶が引繰り返つてしまふ。

——相当な風だね……。

——波高島の枕詞は、風あらき、にしたらいいな……。

吉岡とそんな話をしたのを憶えてゐる。

この旅館の庭に大きな松の木があつて、それに凌霄花が這上つて朱色の花を咲かせてゐた。

二階の窓の前にその花があつて、風に吹かれてゐる。朱色の花が濃い青空を背景に、激しく揺れてゐるのはなかなか良かつた。

このときの印象が強かつたので、安行に行つたとき凌霄花の苗を探したのだと思ふ。安行で買つて栗の木に這はせた奴は、親爺に貰つたのとは違つて威勢が良くて、この夏初めて花を附けた。或る日、家の者が見馴れぬ鳥がゐると云ふので行つて見ると、茶の木の近くに山鳩みたいな鳥がゐる。山鳩がこんな所に来るかどうか知らない。鳥が飛んで行つた后で、何となく茶の木の辺りに出てみると、茂みに淡い朱色の花が引掛つてゐる。

——どうしたんだらう？

と上を見たら、栗の木の高い枝の先に朱色の花が三つ四つ見えて吃驚した。生憎、曇天で背景は宜しくないが、それでも好い気分であつた。

——おい、凌霄花が咲いたよ。

と家の者を呼んだがやつて来ない。二、三度呼んだが聞えないらしい。何だか焦焦《ぢりぢり》する。つんぼ、と怒鳴つたらやつと聞えてやつて来て、窓から栗の木を見上げると、あれなら前から咲いてましたよ、と云つた。

あれはいつだつたか、縁側でぼんやり烟草を喫んでゐたら、紅漆の枝下しをしてゐた田口親爺が降りて来て、

——どうも、たいへんなことだつたね……。

と云つた。

——うん。

——こんなことは、その本人になつてみないことには判らないね。

——うん、さうかな。

——私も昔、女房が死んでね……。

——ふうん……。

——そのときは男泣きに泣いたね。ほんと、悲しくて泣きましたよ。みんな、泣くなつて云つたけど、泣かずにゐられなかつたもんね……。丸い眼玉で、怒つたやうな顔をしてゐる。黙つてゐたら、傍のポポの木を見て、低い枝に附いた青い実を摘んでゐる。

——これ、食へるんですか？

——食へるよ。まだ早くて駄目だが……。

——へえ、美味いかね？

——甘くて少ししつつこい味がするよ。うちぢや誰も食はない。

——へえ？　一杯なつてるのにね……。ポツポだつたかね？

——ポポだよ。

――まあ、何しろ、これからたいへんだ。私は二、三年は駄目だつたね。

――何が駄目だつたんだい？

――悲しくて駄目だつたんですよ。

――ああ、さうか……。

――何しろ、仕事は手に着かないしね。男のくせにだらし無いつて云はれたが、駄目なものは駄目だつたね……。


田口親爺がこんな話をしたのは、僕の前の女房が死んで二、三ケ月経つた頃だつたと思ふ。それから、田口親爺の身上話を聴いた気がするが、ぼんやりしてゐたからよく憶えてゐない。親爺とすれば何とか当方を慰めようとした心算らしいが、結果としては身上話を聴かされたやうなものである。それでも最后に、二、三年は駄目だつたと云つた親爺が、まあ、くよくよしないことだよ、と云つたから、何だか可笑しかつた。

そのとき、親爺はポポを一遍味見したいと云ふから、もう少ししたら取りにおいで、と云つたのに来なかつた。多分、忘れてしまつたのだらう。或は、思ひ附きでさう云つたのだつたかもしれない。

柿の実が赤くなると、鵯《ひよどり》が来て啄む。栗の実は拾ふが、柿の実は専ら鳥に提供するのである。柿は一年置きに実が生つたり生らなかつたりする。生らないと云つても幾つか実は附くが、さう云ふ年に限つて、鶫が何羽も来て忽ち平げてしまふ。何だか申訳無い気がして、枝に林檎を刺して置くと、これも美味さうに平げてしまふ。

最初に鶫が来たのはいつだつたか忘れたが、何と云ふ鳥か知らなかつた。四十雀と一緒に来たから、四十雀が連れて来たのだらうと思つてゐた。図鑑を見てもよく判らない。或るとき、山の上に住んでゐて鳥に詳しい友人に話したら、

——それは、見てゐないからはつきりしたことは云へないが、鶫ではないだらうか?

と云つた。此方には何の定見も無いから、それでは鶫に決めようと思ふ。

或る日、植木屋の親爺が垣根の修理にやつて来た。一休して茶を飲んでゐるとき出て行つたら、ちやうど栗の枝に鶫が一羽止つてゐる。

——あの鳥は何かしら?

——あれは、鶫でせう。柿の実が目当なんでせうよ……。

——矢張りさうか……。

序だから、腹が橙色で背中に白い模様がある小鳥も来ると話したら、それは上鶲《じやうびたき》だと思ふと云ふ。よく知つてゐるね、と感心したら、この程度のことなら誰でも知つてまさあ、と気になるやうなことを云つた。鳥の話は止めにして、その日は親爺一人で、田口親爺は連れて来てゐない。

——今日は田口の親爺さんは連れて来なかつたんだね?

と訊いてみた。

——田口さんは亡くなりました……。

と云つて、親爺は此方の顔を見た。右へ行つたら突当りだから、左へ行つたら柱におでこを打つけたやうな気がする。

——いつ？

——ほんの一ケ月ばかり前のことですが。

——ふうん。

何でも心臓の方の病気で、ころりと死んだのださうである。前に女房の死んだとき、たいへんなことだつたね、と慰めて呉れた当人が、たいへんなことになつたのだから、何とも妙な気がしてならない。

——元気な親爺だつたのにね……。

——へえ、威勢の良いひとでした。どうもいい相棒がゐなくなつちやつたんで、仕事がやり難くなつて困ります。

と、親爺は浮ぬ顔をした。さう云はれても、何だかその辺から田口親爺の声が聞えて来るやうな気がしてゐたら、鶫がどこかで、ぴい・ぴいよと啼いた。

あれは何年前のことだつたかしらん？

浅間山麓の小さな村に行つたら、裸の林で四十雀の群が囀つてゐた。好く晴れた日で、澄んだ空気がきらきら光つて、人気の無い林の小径を辿つて行くと、落葉が足の下で乾いた音を立てる。両側の林は悉皆葉を落してゐて、からりと明るい。明るい林のなかを乾いた落葉を踏みながら登つて行くと、林が切れて、正面に雲一つ無い浅間山がくつきり大きく見えた。噴煙らしいものも見当らない。

風が吹いて、枯れた薄の穂が矢鱈に手招きする。手招きしてもそつちへ行く気は無いから、ぼんやり立つてゐると、地下足袋を穿いた男が二人登つて来て山の方へ歩いて行つた。吹渡る風のなかに立つて、その後姿が遠のくのを見てゐると、頭のなかが空つぽになつて、ひんやりした空気が通り抜けて行くやうな気がする。

日が昏れたら、山麓の別荘に来てゐる友人の森君が宿屋にやつて来て、炬燵に入つて二人で酒を飲んだ。他に客は無いらしく、莫迦にしいんと静まり返つてゐる。何の話だつたか、森君がけたたましい声で笑つたら、廊下を大きな足音が走つて来て、吃驚した顔の女中が、

——お呼びですか?

と訊いた。これでは電話も要らない。

森君は前に安行に一緒に行つたとき、花梨の木を買つた。それから、凌霄花の苗木も買つた。何かの弾みでそのときの話になつたから、あの凌霄花はどうしたと訊くと、枯れたと云ふ。何だ、うちのは今年花が咲いたぜ、と話してゐると、突然、さあつ、と云ふ音がする。

——何だい、雨かな？

——時雨だ……。

と森君が云ふ。何だか暗くて寒い戸外の風景が、音を立てて眼の前を通り過ぎて行くやうである。通り過ぎたかと思ふと、時雨は間も無く再びさあつとやつて来る。昔、時雨を歌つた詩を読んだことがある。しぐれ、しぐれ、あの里を通るなら、私は今夜も眠らないでゐたとあのひとに告げておくれ、と時雨に呼び掛けた詩であつた。時雨を聞きながら莫迦話をしてゐたら、その詩を想ひ出した。想ひ出したら、少し気になることがある。この時雨はどこへ行くのだらう？　さう訊いたら物識りの森君は、

——そんなことは、時雨に訊いて呉れよ。

と云つた。

森君の帰る頃、雨は歇《や》んでゐたらしいが、雨が歇んだから帰つたのか、帰る頃雨が歇んだのかよく判らない。或は、知らぬ間に眠つてゐたのかもしれない。

朝になつたら、からりと晴れてゐる。森君の所に行かうと宿を出て往還を歩いて行つて、思はず足を停めた。黄色の落葉松林の上の浅間山が、一晩の裡に白くなつてゐるのである。里の時雨は、山では雪だつたらしい。

明るい林のなかの森君の家に行つたら、森君は厚いセエタアを着て、落葉をどつさり集めて焚火してゐた。酒を暖めるには、此方の方が迴かに相応しいと思ふ。

——浅間の雪、見たらう？

——うん。

——これで、もう冬だな……。

熊手で落葉を掻寄せながら、森君が云つた。

〔1971（昭和46）年1月「婦人之友」初出〕

昔の仲間

昔、伊東と云ふ友人がゐて、或る日、鉢植の桜草を持つて訪ねて来たことがあつた。春風に誘はれて、ふらふらと出掛けて来たのだらうと思ふ。桜草の鉢なんか抱へてどうしたんだい？と訊くと、伊東は眼鏡を突附き上げて、

——土産だよ。春だからね……。

と些か照れ臭さうに笑つた。

桜草の鉢を陽の当る縁側に置いて伊東と話してゐたら、二、三匹の虻が花に飛んで来た。それを見ると、伊東は至極満足さうな顔をした。伊東は口に出さなかつたが、そのとき彼の頭に浮んだであらう言葉は容易に判る気がした。伊東の好きだつた詩人の詩に、こんな一行がある。

——弾道を描いて虻が一匹飛んで来る。

それから何日かして伊東から来た端書を見たら、虻のことが書いてあつて、その一行も忘れずに記してあつた。

まだ大学生の頃だから古い話だが、その頃、伊東は阿佐ケ谷に下宿してゐた。駅の北口から十分ばかり歩いた所で、静かな住宅地を抜けて右へ折れると、小さな畑や森が残つてゐて、何だか田舎らしくなる。伊東のゐる家はその畑の外れにあつた。そこから学校に通ひながら、伊東は駅近くの何とか云ふ酒場の娘が気に入つたやうな入らぬやうな中途半端な顔をしてゐた。或は、当方の思ひ過しだつたのかもしれない。

――あの娘が気に入つてるんだらう？

と冗談を云ふと、伊東は眼鏡を突附き上げて、

――そんなことは無いよ。

と笑つて否定した。しかし、竹林亭主人と自称してゐる金井と云ふ友人がゐて、この金井が、

――あの女は気取つてやがつて鼻持ならないね。

と悪口を云つたりすると、伊東は真面目な顔をして、

――そんなことは無いよ。

と否定した。伊東と何度かその店に行つたことがあるが、伊東はカウンタアに遠い椅子に坐つて酒を飲み、肝腎の娘はカウンタアのなかに澄して坐つてゐるから、われわれの期待に反して一向に波風の立つ気配は無かつた。無論、先方が伊東をどう思つてゐたかさつぱり判らない。或るとき、金井と一緒に伊東の所に遊びに行つて、暗くなつたからその娘のゐる酒場へ行く

ことにした。住宅地のなかを通る暗いひつそりした路を歩いて行くと、花屋があつて、そこだけ路が莫迦に明るくなつてゐる。伊東はその花屋でよく花を買つたらしいが、このときは金井が花屋に這入つて行つて、鉢植の花を買つた。何と云ふ名前か知らないが、赤い花弁がだらんと舌のやうに垂れてゐて、何故金井がそんな花を買ふ料簡になつたのか判らない。大事さうに花の鉢を抱へた金井と一緒に、その酒場に行つた。

その酒場は娘とその母親の二人がやつてゐて、他に手伝の女が一人か二人ゐたやうな気がする。娘はカウンタアのなかに納まつてゐて、外へは出て来ない。年は二十三、四だつたと思ふが、どんな顔をしてゐたかはつきり想ひ出せない。カウンタアから遠い椅子に坐つて酒を飲んでゐたら、不意に金井が立上つて、花を持つてカウンタアの所に行つた。金井は声の大きな男である。それが大声で、

――これ、あそこにゐる伊東からの贈物です。

と云つて、カウンタアの上に鉢を載せた。女がどう応対したか忘れたが、途端に伊東は真赧になつた。他に何人かゐた客も一斉に此方を見たから、伊東も具合が悪かつたらう。金井が戻つて来て、どうだい、劇的だつたらう、と云つたら伊東はまだ赧い顔をしてゐて、ひどい奴だな、と恨めしさうな顔をした。

その后暫く、伊東はその店に行かなかつた。誘つても、別の店に行かうと云つて肯かなかつた。伊東は色の白い温和しい男だが、酒はよく飲む。新宿にもよく行つたが、阿佐ケ谷だけで

も知つてゐる店が四、五軒あつたから、無理にその店に行くことも無かつたのかもしれない。同じ沿線に住んでゐたから、伊東とはよく一緒に酒場に行つた。

市川という友人がゐて、この男が池袋方面から阿佐ケ谷に遠征して来ると、平地に乱を起す気配があつた。市川も普段は無口で温和しいが、酒を飲むとどう云ふものか波風を起す。例の娘のゐる酒場へ行つても、

――あんたが、かの有名な女性ですか? しかし、僕に云はせれば、あんたはたいへんつまらんきりぎりすですね……。

と云つたりするから、市川と一緒のときは伊東はその店には行かなかつた。一度、市川がその店に這入らうとするのを、伊東と二人で引留めたら、市川は面白くない顔をして、

――われ酔ひて眠らんと欲す。君暫く去れ。

とか云つて、どんどん歩いて行つてしまつた。どこに行つたか判らないが、多分帰つたのだらうと伊東と二人で歩いてゐたら、路傍に置いてあつた汚穢屋の車が急にがらがらと動き出した。

――こら、待て。

市川が大きな声で叫んでその車を牽いて追つて来るから、伊東と二人吃驚して露地に逃込んだ。市川は車と一緒に垣根に打つかつて、やつと停つた。何故そんな車を牽く気になつたのか判らない。市川は、あの車に積んである桶はみんな空だつたと云つた。空だから引張れたのだらうが、市川が傍に来ると何となく間隔を取りたくなる。

——今晩は君の所に泊めて貰ふよ。

市川がさう云つたら、伊東は何だか気になる顔をして、

——その儘で、僕の布団に寝るのかい？

と云つた。

或るとき、酔つて歩いてゐる裡に、広い空地に立つてゐる立札を市川が引抜くと云ひ出した。立札の文字を見ると、立入を禁ず、何とか軍用地と書いてある。これは陸軍か何かの用地らしいから、引抜くのは止せと云つても市川は肯かない。

——君、止した方がいいよ。

と伊東も頻りに留めたが、市川は巧く鉄条網を乗越えると、その立札を揺り動かして抜いてしまつた。その抜いた奴を、鉄条網越しに此方に投げて寄越したら、深夜の舗道に落ちて途方も無く大きな音がして、思はず四囲を見廻した。市川はその七尺ぐらゐはある立札を担いで、伊東の下宿に行つた。

何日かして、伊東の所に行つてみたら、立札は押入のなかに斜めに入れてあつて、伊東は浮ぬ顔をしてゐた。

——やあ、あるな。

と云つたら、伊東は苦笑して、

——弱つたよ。何だか世間が狭くなつた気がするよ。

と云つた。ものがものだから簡単に処分出来ない、それで伊東も困つたのだらう。伊東が困つてゐたよ、と学校で市川に会つたとき話したら、市川はそんなことは記憶に無い、と澄してゐた。のみならず、

——君は僕がそんなことをする男と思つてゐるのか？　案外、君がやつたんだらう。

と開き直つたのには驚いた。

どう云ふ切掛だつたか、暫く振りに伊東と例の娘のゐる店に行つた。三月の卒業が半年繰上つて、その后直ぐ伊東が兵隊に行くことに決つたため、飲納めの心算で行つたやうな気もする。這入つて行つたら、娘はカウンタアに向つて坐つてゐる男相手に、アンドレ・ジイドつて素敵だわ、とか話してゐて伊東の方には眼も呉れない。伊東はどう思つたか知らないが、当方は別になんでもないから坐つて酒を飲んでゐた。その裡に、カウンタアの男が出て行つてしまふと、他に客がゐなかつたせゐかもしれない、急に風向きが変つて、カウンタアのなかから、

——暫くお見えになりませんでしたわね。

と声を掛けて来た。伊東は中途半端な顔をして、いや、とか何とか云つてゐる。この伊東は間も無く兵隊に行くんだ、と娘に教へてやつたら、驚いたやうな顔をした。それから、お銚子を二本持つて、ちよいと気取つた恰好で此方の卓子へやつて来たから吃驚した。

——カウンタアの外へ出ることもあるのかい？

と訊くと、今夜は特別ですわ、とわれわれに酌をすると直ぐ引込んだ。伊東に酌をするとき

は、どうぞお元気で、と云つた。伊東はやあどうも、と少し赧くなつて恐縮してゐた。二本の酒は餞別替りだつたやうに思ふ。

伊東は普段はそれほどでもないが、少し昂奮すると吃る癖がある。このときも昂奮したのだらう。吃りながら、頻りに彼の愛する詩人の詩に就いて話した。残念だつたのは、カウンタアに客が何人も坐つたため、娘が伊東の話を聞けなかつたことである。

伊東とその店に行つたのは、そのときが最后だつた気がする。或は、伊東と酒を飲んだのも、そのときが最后だつたかもしれない。それから間も無く卒業式があつたが、その前に伊東は郷里の酒田へ帰つて行つた。

昔から持つてゐる古い本の頁の間に、伊東から貰つた便りが三通ばかり挿んであつた。悉皆忘れてゐて、いつだつたかその本を取出して偶然見附けたのである。その一通は兵隊に行く前に酒田から呉れた端書で、楠正成の銅像の附いた古い弐銭の端書にこんなことが書いてある。消印は十七年九月二十七日である。

——二十九日出発との通知がありました。蓬髪も刈りました。餞別も貰ひました。そして私も余儀無く兵隊らしくなりつつあります。(後略)

酒田の伊東の家には、金井と一緒に一度行つたことがある。大学一年の夏休のとき、金井と佐渡へ旅行することにして、伊東も引張つて行かうと云ふことで寄つたのである。区劃正しい水田が矢鱈に遠く迄続いてゐるのを見て、金井と二人で感心してゐたら酒田へ着いたやうな気がする。電報を打つて置いたら、駅に伊東が迎へに来てゐて、伊東の家に連れて行かれた。何だか莫迦に広い砂利道を歩いて行つたと思ふ。駅の近くには倉庫みたいなものがある他、人家は疎らで人影も尠かつた。それで道が余計広く見えたのかもしれない。

——何だい、酒田つて随分田舎ぢやないか……。

——市にしちや淋しいな。

金井と二人でそんなことを話してゐたら、駅の辺りは実は村なので、酒田市は少し離れた所にある、と伊東が教へて呉れた。何故そんなことになつてゐるのか、理由も聞いた気がするが忘れてしまつた。

伊東の家は古い大きな家で、二階に上ると鳥海山の黒い姿が正面遠くに見える。黒い兜を伏せたやうな恰好をしてゐて、その山を見ながら坐つていると、青い水田の上を渡つて来る風はひんやり冷くて好い気分であつた。その二階の座敷で、夕食を御馳走になつた。

——君達のことだからね……。

と伊東が気を利かせたのか、食卓には酒が出てゐて、伊東のお父さんも坐つてゐた。伊東のお父さんは温和しい人で、余り口は利かない。しかし、質問すると酒田の町の歴史とか芭蕉に就いて、ぽつりぽつりと話して呉れた。芭蕉を芭蕉さんと呼んだのが面白かつた。竹林亭主人の金井は俳諧研究をやつてゐたから、芭蕉のことをいろいろ訊いてゐたやうである。

伊東のお父さんは、銚子が空になるとそれを持つて階下に行つて、また何本か持つて上つて来る。これには恐縮した。「奥の細道」を見ると、酒田で「淵庵不玉と云医師の許を宿とす」と書いてある。不玉の伊東玄順と伊東の家が関係があると聞いたが、どんな関係だつたか憶えてゐない。

好い気分で御馳走になつてゐたら、いつの間にか外は暗くなつてゐて、黒い兜の鳥海山も見えない。伊東のお父さんは低声で伊東に何か云つてゐたが、間も無く下に降りて行つた。替つて伊東の兄さんが銚子を持つて上つて来て、何か伊東に低声で云つて降りて行つた。

少し変だと思ふが黙つてゐたら、その裡に兄さんの奥さんが上つて来て、

——もうそろそろ……。

と伊東に云つた。金井の顔を見たら金井は心得て、もうお酒は結構です、と大きな声で云つた。伊東は眼鏡を突附き上げて、いや、違ふんだよ、と笑つてゐる。何が違ふのかよく判らない。判らない儘に坐つて飲んでゐると、今度は伊東のお母さんが顔を出して、

——早くしないと……。

と云ふやうなことを云つて引込む。

どうも妙な具合だから、何か都合の悪いことがあるのではないか？　と訊くと伊東は町へ行つて飲直さうと立上つた。伊東の説明を聞いて面喰つたが、伊東のお父さんは折角訪ねて来た息子の友人に酒田情緒を味はせてやれ、と云つたのださうである。時間が無くなるから早く遊

びに行け、と催促してゐるのだと聞いて、これには驚いたり感心したりした。伊東自身は、さり気無く散歩に連出す恰好にしてわれわれを吃驚させる心算だつたらしいが、一家を上げての催促にその計画は失敗したと残念さうであつた。

それから伊東に案内されて、酒田情緒を味ひに行つた。狭い通を歩いて行くと、両側の家は奥の方に明りが見えるばかりで、狭い路は暗くひつそり静まり返つて、下駄の音が矢鱈に大きく響く。酒田公園と云ふ所を曲つたら料理屋の並んでゐる一角があつて、その一軒に伊東は這入つて行つた。

座敷に通つたら窓の外に暗い町があつて、波の音が聞えたやうである。伊東が芸者を呼んで呉れと云つたら、生憎踊の会か何かあつてみんな出払つてゐるから帰り次第呼ぶと云ふので、それ迄その店の愛敬のある顔をした女を相手に酒を飲んだ。伊東はその料理屋に来たのは初めてだと云つてゐたが、女が前に一、二度来たのを憶えてゐたから何にもならない。それから僕と金井にどこから来たと訊くから、東京から来た、と答へると何となく呑込んだやうな顔をして、莫迦に愛想が好くなつた。気さくな女で、酒田弁丸出しでいろいろ喋る。

——酒田は気に入つたか？

と云ふから、金井と二人、いい所だ、大いに気に入つたと応じたら無性に喜んで、来年桜桃を送つてやるから東京の住所を教へろと云つた。

暫くしたら、芸者が二人這入つて来た。金井は伊東と違つて威勢は良いが、酒は伊東ほど飲まない。その座敷でも途中からごろんと寝転んで話相手になつてゐたが、芸者が現れたら途端に跳起きた。のみならず、その瞬間に霊感が閃いたと称して、手帖を出して書附けた俳句を大きな声で披露した。芸者の一人は髪に、何の花だつたか忘れたが花の飾物を附けてゐた。それを詠み込んだ句だつたと思ふが、どんな出来映だつたか判らない。しかし、そのときは金井の霊感に敬意を表して、出来映には関係無く伊東と二人でその句を大いに讃めた。

それが効いたのかどうか、飾物を附けた芸者は遠慮がちに、

――それを頂く訳には行かないだらうか？

と酒田弁で金井に云つた。金井は威勢良く手帖の一枚を千切つて芸者にやつたら、女はそれを大事さうに帯の間に挿んだ。金井はそれから、急に酒を飲出したやうである。

芸者は二人共ほつそりした若い美人で、見た途端に金井が跳起きたのも無理は無いと思ふ。二人共、余り口を利かず、何だか恥しさうに坐つてゐて風情があつた。その裡に店の女が三味線を持つて来て、何かやるやうに云ふと、二人は顔見合せてもぢもぢしてゐたが、それでも「酒田甚句」とか「おばこ節」とかを唄つたり、踊つたりした。

――どうだい、いいだらう？

伊東が云ふから、うん、なかなか好い、と答へたら伊東は満足さうな顔をして、酒田の芸者は決して転ばないのだ、と妙なことを自慢した。伊東が阿佐ケ谷の娘を、清楚なひと、と評したのを想ひ出して、

――此方の方が阿佐ケ谷より迥かに清楚だな……。

と云ふと伊東は、

――それとこれとは違ふよ。

と眼鏡を突附き上げた。どう云ふ意味だつたのか判らない。

その裡に、恥しさうにしてゐた芸者も大分陽気になつて、唄を覚えろと云ふから三人で調子外れの声を出したりした。踊も教へてやると云ふから、地元の伊東が代表で矢鱈に難しい踊を真似たりしてゐたら、金井が急にぐつたりしてしまつた。ぐつたりした儘、酒田情緒を満喫したよとか呟いてゐるから、それを切掛に帰ることにした。

店を出る前に、階下の茶の間のやうな所で熱い茶を飲んだ。夏だと云ふのに囲炉裏の鉄瓶は湯を滾らせてゐて、その音を聞いたら急に夜が更けた気配がした。囲炉裏の前には、人の好さうな婆さんが背中を丸めて坐つてゐて、東京の客を迎へてたいへん嬉しい、是非また来て呉れ、とお愛想を云つた。

店を出て、途中、公園のベンチで休息して伊東の家に帰つた。公園は小さな山になつてゐて、登ると暗い町が見降せるが夜だから何も判らない。伊東があつちは何だとか説明するが、闇のなかに黒い屋根があるばかりで見当が附かない。公園には石碑も幾つかあるらしく、伊東は金井に芭蕉の句碑もあるよと教へてゐたが、金井はベンチに引繰り返つた儘、

――芭蕉さんに宜しく云つといて呉れ。

と起きない。随いて来てゐた芸者が、これを聞いてくすくす笑つた。その笑声を聞くと金井はむつくり起き直つて、

——いや、どうも……。御苦労さん。天の河が綺麗だなあ……。

と云つたから可笑しかつた。


佐渡旅行の前宣伝が効いて、来年是非行きたいから帰つて来たら様子を教へて呉れ、と云ふのが何人かゐた。夏が終つて学校に行つたら、そんな連中に摑まつて、どうだつたか？　と訊かれて閉口した。これは金井や伊東も同じことだつたらうと思ふ。順序を立てて話せと云ふから、船はおけさ丸と云ふ小さな船だが、別に浮れて踊り出す心配は無いから安心するがいい。新潟の港を出るときは何だか勇壮な曲の伴奏附で、銅鑼の音を聞く気分は格別である。水先案内の小蒸気の後から、工場とか人家に挟まれた信濃川を下つて行くと、やがて長い突堤があつて、その先端に赤い燈台が立つてゐる。そこを廻ると日本海で……、と話し始めると、大抵、その辺はまあ割愛しろと云ふ。

割愛しろと云ふのは、他に肝腎な所があるからと思ふらしいが、肝腎の所は何も無いから、さうなると全部割愛しなければならない。

——金山は見たかい？

——いや、見なかつた。

——史蹟が沢山あるんだらう？

——沢山あるね。

——どこが良かつたかね？

——別に見なかつた。

——しかし、印象に残るやうな……。

——何にも見なかつたからな。

——一つも見なかつたのかい？

——一つも見なかつた。

割愛するとかう云ふ結果になる。連中は大抵呆れて、訊くのを止めてしまつた。しかし、われわれも最初からこんな心算で佐渡に出掛けた訳では無い。現に金井は手帖にちやんと見る所を書留めてゐて、歴史の本迄読んで来てゐた。おけさ丸の食堂でビイルを飲みながら、僕と伊東にその知識を披露して呉れたほどである。その予定が悉皆狂つたのは、佐渡が大き過ぎたことと、此方が暢気過ぎたことが理由である。

どうしてさう思つたか知らないが、佐渡を二日も歩けば隅から隅迄見られる気がしてゐた。のんびり歩いてゐると、夏でも秋風が吹渡つて、

——安寿恋しや、ほうやれほ。

と云ふ歌の詞が聞えて来るやうな気がしてゐた。ところが実際に行つてみると、両津から相

川への道を、のんびり歩いてゐる人間は一人もゐない。平坦な路が単調に続いてゐるばかりで、何の風情も無い。汗が矢鱈に出て来て閉口した。

——君、これでも島の心算かね？

と金井は不服さうな顔をした。金井の手帖の予定通りに行動するとしたら、遊覧バスに乗つても間に合はない、と知つたのは相川に着いてからだから何にもならない。莫迦らしいからバスに乗らうとしたら、バスは満員で走り去つて、停留所の小屋のなかにゐる五、六人の土地の女房連中は、また一時間待たねばならない、とこぼしてゐた。なかには朝から待つてゐると云ふ婆さんもゐて、余計な奴等が来たとでも云ふやうに此方を見るから面白くない。

些かやけつぱちになつてぶらぶら行くと、路傍に寺があつて、その前の空地に桜の樹立が涼しさうな蔭を作つてゐたから、その下の苜蓿《うまごやし》に腰を降した。それから両津の町で買つたウヰスキイの瓶を一本出して伊東と飲んでゐたら、山鳩が啼いて涼しい風が吹く。金井は草の上に臥て鼾をかき始めたから、その真似をして寝そべるとひんやりして気持が好い。

——おい、起きろよ。

金井の大声に起されて気が附くと、いつの間にか陽は傾いて、蜩が喧しく鳴いてゐる。夕陽の赤い道で漸く一台のバスに乗込んで、相川に着いたらもう暗くなつてゐた。こんな調子では予定も見物もあつたものではない。一番大きな宿屋に行つて、明日はもう少し増しな行動を取ることにしよう、と話し合つてゐたら、雨が降り出したのが不可ない。佐渡の雨を黙つて見てゐる法は無いから、傘を差して泥んこの町へ出て酒を飲んだ。

翌朝、金山見物に行くなら起きないと間に合はない、と女中が起しに来たが誰も起きなかつた。前夜遅く迄飲過ぎたからである。多分、予定の行動だつた金山見物を断念したとき、この日の予定も滅茶苦茶になつたのだらうと思ふ。

遅い朝食を摂つてゐると、賑かだつた宿屋はがらんとした感じで静まり返つてゐる。給仕の女中が可笑しさうな顔をして、昨日はどこを見物したか？　と訊いた。どこも見なかつたと云ふとげらげら笑つて、今日はどこを見物なさるのか？　と訊く。金井が手帖を引張り出して予定を読上げたら、女中は身体を二つに折つて笑つて、遊覧バスに乗つてもそれだけ廻るのは無理だと呆れた。それを聞いたら何だか急に気持が楽になつて、どうでもいいや、と云ふ気がしたから妙なものである。

それから、小木に行つた。別にちやんとした目的があつた訳では無い。地図を見ると一番下の方にあるから、茲はどうだらう？　と伊東が云ひ出したのが理由だつた気がする。洵に頼り無い理由だが、これに反対する理由も無い。昨日で懲りたから、バスで行くことにした。小一時間ほど時間があるから、ぶらぶら歩いてゐると、路が上りになつて、その山の中腹辺りに小さな教会堂があつた。好く晴れた日で海が碧く見える。

扉を押したら簡単に開いたから、教会堂のなかに這入つてみた。窓は色とりどりのステンドグラスで内部は仄暗く、余り上出来とも見えないマリヤの像と、幼児を抱いたキリストの像が正面に並んでゐる。その前の海老茶の布を垂らした壇の上には、ラテン語の聖書が載せてあつた。三方の壁の上の方には、キリストの一生を描いた下手な絵が貼廻らしてある。ぼんやりそんなものを見てゐたら、金井が時計を覗いて、

——そろそろ、行かうぜ。

と云つた。

外へ出たら、途端に眩しい陽射が照り附けて来て、何だか奇妙な夢を見た気がした。

宿屋の女中が、近くに外人のゐる学校があると云つたのは、この教会のことかもしれないと納得が行つた。裏手に一軒住宅があつて、その庭先に何の花か忘れたが白い花が沢山咲いて、風に揺れてゐた。

——茲は画になるね……。

金井は両手を伸して、構図を造る恰好をしたから、早く行かうぜと云ふと、いやどうも、と云つた。その頃、金井はロシア人のブブノワさんと云う女性に随いて絵を習ひ始めてゐたから、そんな恰好をしたのだらうと思ふ。

小木に行くには、河原田でバスを乗換へねばならない。茲でも一時間ばかり待たされるから、ちつぽけな店で蕎麦を食つた。土間にビイル箱が置いてあつて、それにアイスキヤンデイを立てて冷してあつた。店の若い女がその箱のなかに、灰色に汚れた雪を詰込んでは頻りに塩を振掛けてゐるのが珍しかつた。

——その雪はどこに蔵つてあるの？

と訊いたら、何か云つてゐたが一向に要領を得なかつた。

相川でバスに乗るときは、矢鱈に混雑して一苦労した。この前日も両津から相川へ行くバスは満員で、なかなか乗れなかつた。しかし、河原田から小木へ行くバスに乗つたら、空席の方が遥かに多い。乗つてゐる客も、婆さんとか子供連のお内儀さんばかりである。どうやら、小木は忘れられた所のやうに思はれる。

金井の知識に依ると、昔、尾崎紅葉は小木に遊んで、一人の芸妓と深い仲になつたと云ふ。さう云つてから、何か想ひ出したらしく、

——しかし、君達は小木で酒飲むのは止せよ。小木を見てから、真野御陵に参拝するんだからな……。

と云つた。金井とすれば折角手帖に書附けて来た以上、何か一つぐらゐは見て恰好を附けたかつたらしいから、ああ、いいよ、と相槌を打つて置いた。バスは海に沿つた田舎道をひどく揺れながら走つた。ときどき路傍の木の垂れた枝がバスの窓を、ばさばさと打つ。それから山峡に入つて、上つたり下つたりしながら岬を横断すると、やつと小木に着いた。着いてみると、小木はひつそり忘れられたやうな静かな町であつた。

バスの終点近くで降して貰つて、何しろバスに揺られ通しで腹が減つたから、先づ腹拵へすることにした。それからゆつくり町を歩かうと思ふ。見渡したところ食堂らしいものは眼に入

らないから、菓子とか土産物を売つてゐる大きな店で食堂の所在を訊くと、そこの中年の主人が愛想好く教へて呉れた。

教へられた通り行つてみると、成程、食堂があつて土間に机や椅子が並べてあつた。その机の一つに向つて坐つて汗を拭いてゐると、店の小娘が、

——お座敷にしますか？

と云つた。バスで草臥れたから足を投出したい。云はれる儘に二階の小座敷に上つたら、小娘が、

——芸者さんを呼びますか？

と云つた。どうも調子の好い小娘で、その次は何を云ひ出すことかと思ふ。酒は飲まないことにしてあるから、芸者を呼ぶことも無い。要らないよ、と断つたら金井が、

——しかし、何だな、佐渡で佐渡おけさを聴くのもまた一興だね……。

と云ひ出したのには驚いた。伊東も驚いたのだらう、君、君はさつき……、と眼鏡を突附き上げたが、金井は町を歩く替りにおけさを聴くことにしようと云ふ。何故豹変したのかさつぱり判らないが、或は小娘の調子に乗せられたのかもしれない。

——真野御陵は止めたのかい？

——いや、そりやちやんと行くよ。しかしこれは食堂にしちや、妙な食堂だね……。

と金井が云つた。

窓から岬らしいものが見えて、入江に舟が何艘か浮んでゐる。暑い部屋でビイルを飲んでゐると、間も無く芸者が二人来た。痩せた年増芸者と丸い顔の若い芸者で、年増が三味線を弾いて唄ふと、若い方が踊つた。最初は陽射が気になつて、何となくちぐはぐな気分だつたのが、次第に気にならなくなつたのは酔つたからだらう。年増は話好きらしく、いろいろ話をした。ビイルを啜るやうに飲みながら、新町とか云ふ所に紅葉の句碑があつて、のろ松がのそりと出たり夏の月、と云ふ句が彫つてある、と年増芸者が話したら金井はそれを手帖に書留めたりした。その裡に、年増と話してゐた金井が大声で、これは不可ん、と云つたから何事かと思ふと、間も無く両津行の最終バスが出る時間だと云ふ。真野御陵どころか、両津へ行くことも出来なくなると知つて驚いた。芸者の方もわれわれが小木に泊ると思つてゐたらしく、両津へ行くと知つて驚いてゐた。

外へ出ると、夕陽が静かな町を赤く染めてゐる。芸者二人はバスの停留所迄送つて来た。先刻の親爺の店は停留所の直ぐ近くに有るから、芸者と一緒のわれわれに気が附いたらしい。店の表迄出て来て、笑つて会釈した。どうです、いい食堂を教へてやつたでせう？　と云ふ顔に見えるから少しばかり忌忌しかつた。

……その夜はいい月が出てゐて、加茂湖の辺迄行つてみると、誰か投網を打つてゐて、ばさつ、と音がすると湖面に金色の光が散つて揺れる。

——ああ、何にも見なかつたなあ……。

と金井が云つたら、

——君、相川で教会堂を見たよ。

と、伊東が云つた。

酒田にはそのとき一度行つただけで、佐渡もその后行つたことは無い。しかし、酒田旅行にはその后おまけが附いて、何だか余計忘れられないものになつたやうに思ふ。旅行して一年近く経つた頃、或る日、金井が大きな風呂敷包を抱へて、伊東と一緒にやつて来た。風呂敷包を解くと新聞紙の包があつて、それを開くと桜桃がどつさり入つてゐた。

——これは君の分だ……。

と金井が云つたが、何のことか判らない。金井と伊東は顔見合せて、何やら曰くあり気な表情だが当方には珍紛漢である。桜桃の産地はどこかと訊くから、何でも北の方だらうと云ふと、固有名詞を挙げろと云ふ。出鱈目に酒田の名を挙げたら、

——酒田だよ、酒田で想ひ出すことは無いかね？　よく考へてみろよ。

と金井が云つた。伊東の父君の計ひで、酒田情緒を味つて愉しかつた記憶は鮮かだが、桜桃に繋がる記憶は無い。さう云つたら金井は大声で笑つた。

——さうだらう？　実はさくらんぼが届いたとき、俺自身何だかさつぱり判らなかつたよ。

それから金井の説明を聞いて、漸く想ひ出した。酒田の料亭に行つたとき、酒田が気に入つ

たと云つたら料理屋の女はひどく喜んで、来年桜桃を送つてやるから東京の住所を書けと云つた。そのとき、金井が気軽に住所を書いて渡した。無論、冗談かその場の思ひ附きだと思つてゐたから、気にも留めなかつた。書いた金井もその一分后には忘れてしまつたらう。ところが、一年近く経つて、金井の所に桜桃がどつさり届いたのである。金井は悉皆忘れてゐて、差出人が酒田の女名前なので伊東に電話で問合せたら、伊東はよく憶えてゐたばかりか、酒田の女は必ず約束を守ると自慢したとか云ふ。傍で伊東は黙つてにやにやしてゐたが、何となく好い気分のやうであつた。

——それを正確に三等分して、いま伊東にも届けた所だ。これは君の分だよ。

——ふうん……。

——どうだい、いい話だらう？

——うん、いい話だ。

それから金井は僕に礼状を書けと云つた。ひとつ、上手く書いて呉れ。ものの順序としてはさうなるらしいから、二人の意見を聞きながら礼状を書いた。どんなことを書いたのか、憶えてゐない。憶えてゐるのは、その桜桃が大粒でたいへん美しかつたことである。記憶のなかで次第に美しくなつたのだとしても、訂正する気持は毛頭無い。

深大寺へ行つて、帰りに井の頭の池畔でビイルを飲まうと云ふ話になつて、或る日、伊東が三鷹の僕の所へやつて来て、一緒に歩いて出掛けたことがあつた。麦秋の頃の好く晴れた日で、黄ばんだ麦畑のなかの路を歩いて行くと、練習機が麦畑に影を落して飛んで行つたりした。麦畑の外れの凹地には櫟とか辛夷の大木が立つてゐて、その辺りには紫や白のあやめが咲いてゐる。その向うには樹立の蔭に藁屋根が覗き、森や林も見える。それがその頃の近郊の風景の一つだが、伊東は、いいなあ、と感心してゐた。

何でも茶畑のなかを通る路を歩いてゐるとき、向うから花嫁がやつて来た。その辺の農家の女だと思ふが、花嫁衣裳を着けた角隠しのお嫁さんの両脇に、黒紋附の年輩の女が二人附添つてゐた。

——お嫁さんだぜ。

——珍しいものを見るね……。

多分、最初は茶の木に隠れて上半身しか見えなかつたのが、路が曲つたかして全身が見えるやうになつたら、三人共尻端折りしてゐるから面喰つた。それが大きな声で何か喋りながら歩いて来る。お嫁さんは俯いて恥しさうに歩くものだと思つてゐたのに、この花嫁は頓狂な声で笑つて、連の女の肩を叩いたりしてゐる。

——こいつは相当なもんだね……。

と云つたら、伊東も、

——随分、元気な花嫁だね。

と驚いてゐた。近附いたら三人は話を止めて、二人の附添女ばかりか花嫁迄じろじろ無遠慮に此方を見る。話が逆だと云ひたいが、そんなことは云へない。妙な連中だと、擦違つてから伊東と振返つて見たら、先方も振返つて、

——あれ、厭だよ、振返つて見てるよ。

と大声で云つて、三人でげらげら笑つたから面白くなかつた。莫迦な真似をしたものだ、と思つても間に合はない。あんな女はどうせ三度目か四度目の古狐だらう、と伊東と悪口を云つてゐたら、

——もう振返らないのかい?

と催促するらしい声が追掛けて来て、これには呆れて悪口も云ふ気にならない。真逆立停つて振返るのを待つてゐたとも思へないが、一体どう云ふ連中かと思ふ。このせゐかどうか、想ひ出さうとしても肝腎の深大寺の記憶がぽつかり抜けてゐるのは心外でならない。憶えてゐるのは、裸の男と水車ぐらゐなものである。

何でも巨きな樹立の傍の径を下つたら、ひよつこり寺の前の白く乾いた道に出た。寺の前に竜の口から水の落ちてゐる所があつて、裸の男がその水に打たれてゐた。道に天秤棒の荷が置いてあつたから、汗を流してゐたのだらう。寺の門前には五、六軒の人家があるばかりで、あとは樹立の緑が一面に濃く淡く斑に重なり合つて風に揺れてゐる。

多分、寺を見た后だと思ふが、歩いて行くと池があつて、その近くの森のなかで水車が廻つ

てゐた。水車小屋を覗くと、石臼がごろごろ廻る傍に婆さんが一人坐つてゐて、石臼のなかに少しづつ籾か何か落してゐた。話をしようと声を掛けたが、婆さんは返事をしない。その裡に此方を向くと、片手で耳を指してから手を左右に振つて笑つた。

——聾らしいね。

と云つたら、伊東は、

——しかし、いいなあ……。

と云つた。深大寺の記憶と云つたらこの程度だが、后で金井に話したら、寺はどうでもいいがその花嫁には是非拝顔の栄を得たかつたと云つた。

この后、井の頭公園に行つて、池畔の茶店でビイルを飲んだ。まだ池畔の大木が矢鱈に伐られる前だから、鬱蒼と茂つてゐて、対岸の樹立を見ながらビイルを飲むのは悪くなかつた。茶店の手摺に凭れると直ぐ下が池で、煎餅を投げると大きな鯉が沢山集つて来てばしやばしや水音を立てる。

市川とこの茶店に来たとき、市川は大きな声では云へないがと前置して、その鯉を失敬する妙案があるのだと云つた。その先があるのかと思つてゐたら、それで黙つてしまつたからどんな妙案か判らない。

或るとき市川と茶店で飲んで出たら、首輪の無い白い仔犬が一匹纏はり附いて来た。市川が頭を撫でたら、随いて来て離れない。夕暮の公園を歩いてゐたら、大きな買物籠を持つた中年

女が通り掛つて、

——あら、可愛い犬だこと……。

と云つた。市川は真面目な顔をして、

——本当に可愛いと思ひますか？

と云つた。女の人は少し吃驚したらしいが、

——ええ、可愛いぢやないの。

と笑つたら、市川は仔犬を抱上げると、

——それぢやどうぞ……。

と女の買物籠に仔犬を投込んで、不意に僕の腕を摑んで走り出した。女が何か叫んでゐたが、后はどうなつたか判らない。

伊東とビイルを飲みながら、そんな話をしたやうに思ふ。多分、市川が軍用地の立札を引抜いた后だから、伊東は買物籠の女性に同情するやうなことを云つたのが可笑しかつた。話してゐると対岸の黒い樹立に夕靄がかかつて、茶店の女が、

——そろそろ、お仕舞です……。

と云ひに来た。その后、阿佐ケ谷の店に行つたかどうか憶えてゐない。

……それから何年か経つて、もう一度深大寺に行つたことがある。もう戦争は終つてゐて、終つた翌年だつたかと思ふ。六月頃の曇つた暗い日で、知人二、三人と行つた。寺の辺りは以

前来たときと同じやうに樹立が緑を茂らせてゐたが、天候のせゐか何だか陰気であつた。寺の境内もひつそりして人気が無かつた。境内に立つて、同行の一人がこの辺には昔は城があつたとか云ふのを聞いてゐたら、雨が降つて来た。

寺の建物の廂の下に立つて雨宿りしてゐると、静かな境内に雨の音しか聞えない。

——あれは百日紅でせうか？

——百日紅ですね……。

——咲いたら見事でせうね……。

そんな会話を聞きながら立つてゐると、何年か前、麦秋の頃、伊東と来たときのことを想ひ出して、烟草が苦かつた。

暗い長いトンネルがあつて、トンネルを出て見たら、いつの間にか座席のあちこちらに空席が出来てゐて、座席の主は帰つて来ない。棚の上に残されたのは、追憶と云ふトランクだけである。伊東の座席も空席の儘覚《つひ》に塞がらない……。雨に濡れる青葉を見ながら、そんなことを考へてゐたやうに思ふ。

伊東がいつどこで死んだか、忘れてしまつた。伊東の家から来た便りには、いつともどことも書いてなかつたやうな気もする。伊東から貰つた三通の便りの一通は封書で、二泊の外泊を許されて酒田の家に帰つたとき書いたものである。十八年十月三日の日附だが、その頃、伊東は秋田の部隊にゐて、長い手紙の終の方にはこんなことが書いてある。

——私は歩兵砲で戦車を撃つのが専門です。時至れば砲を持つて、海を渡るのも近いことは明瞭な事実です。

しかし、海を渡つた伊東から便りを貰つた記憶は無い。貰つて失くしたのかもしれないが、或は海を渡る途中で死んだのかもしれない。長い手紙のなかに、伊東は文学に対する郷愁のやうなものを長ながと書綴つてゐるが、それを書写す気にはなれない。

或る晩遅く、或る酒場に坐つてゐたら、珍しく金井が這入つて来て、やあ、ゐるな、と云つた。

——何だい、いま頃……？

——いや、今夜はベエトオヴエンを聴いて来た。

と金井が澄して云つた。金井とベエトオヴエンは変な組合せだと思ふが、黙つて酒を注いでやつたら、やれやれ、草臥れた、と金井が云つた。久し振りだから二人で乾盃して飲んでゐると、金井は想ひ出したやうに、市川はどうしたらう？　と訊く。娘が嫁に行つたさうだと教へてやつたら、ふうん、と天井を見上げて、

——彼奴《あいつ》もいよいよ爺さんか……。

と云つた。気が附くと、さう云ふ金井の頭も半分ばかり白くなつてゐる。飲んでゐる裡に、何かの弾みで酒田や佐渡へ行つた頃の話になつたら、金井は桜桃を送つて貰つたことは憶えてゐたが、芸者が送つたと思ひ込んでゐた。どつちでもいいから、別に訂正もしなかつたら、店

の女にその話をして自慢してゐる。たいへんな美人でね、それが僕の所にどつさりさくらんぼを送つて来て……。

何だか少し酔つて来たやうに思つてゐると、金井が芸者の自慢を切上げて、

——君、伊東の奴は阿佐ケ谷の何とか云ふ店の女に惚れてたな……。

と云ひ出した。

——うん、惚れてた。

——何て云ふ店だつたかな?

——忘れたな……。

また少し酔つた気がして、見ると、坐つてゐる金井は遠い昔からそこに坐つてゐるのである。伊東さん、不意に阿佐ケ谷の娘の声がしたら、途端に金井の隣に伊東が坐つてゐて、眼鏡を突附き上げたから吃驚した。何だい? と云つたらその店の女が、いえ、いま伊藤さんと仰言るお客さんがお見えになつたので、と云つた。

〔1970(昭和45)年8月「群像」初出〕

銀色の鈴

ベッドの傍に本棚があつて、手の届く所に煤けた銀色の鈴が一つ載せてある。朝眼を醒すと、大寺さんはその鈴を取つて鳴らす。紐を持つてぶら下げて静かに振ると、ちりんちりんと云ふ音がするが、大寺さんには鈴の音はどうでもいい。大抵、上の撮《つま》みの所を持つて振るから余韻の無い、かちんこちん、に近い硬い音がする。その鈴は外国へ行つて来た知人が土産に呉れたもので、何でもアルプスの牧場の羊が首にぶら下げてゐるのださうである。高さ五糎ばかりで、或は模型と云つたのだつたかもしれない。しかし、かちんこちん、と鈴を鳴らす大寺さんが、アルプスの朝を想像してゐるとは考へられない。

鈴を鳴らしてゐると、

——はあい……。

と返事があつて、細君が新聞を持つてやつて来る。鈴を貰ふ前は、細君の名前を大声で呼んだ。大寺さんの細君は、まだそんな齢でもないのに少し耳が遠い。大声で呼んでも聞えないことがある。或るとき、貰つた鈴を面白半分に鳴らしてゐたら細君が、何か用ですか？　と訊きに来た。それから大寺さんは、朝眼を醒すと大声を出す替りに鈴を鳴らすやうになつた。細君が来ると、大寺さんは、

――いま何時だ？

と訊く、これは習慣で、別に意味は無い。大抵十時から十一時の間で、ときには十二時頃のこともある。今日は好い天気か？　と訊くがこれも習慣に過ぎない。細君はカアテンを絞つて縁側の雨戸を開けると、

――御覧の通りですよ。

と云ふのである。尤も、大寺さんが勤務先の学校に行く日は事情が少し違ふ。鈴を鳴らさないのに細君はやつて来て、眠つてゐる大寺さんを起すと、勝手にカアテンも雨戸も開けてしまふ。仕方が無いから、大寺さんは不承不承起きない訳には行かない。

細君の返事が遅いときは、大寺さんは焦れつたくなつて矢鱈に激しく鈴を鳴らすから、そのときは、がちがち、と変な音がする。静かに振る方がよく響くとは考へない。鳴らすのを止めて、もう一睡りしようとも思はない。或るとき、がちがちやつても一向に、はあい、が聞えない。

――何故、返事をしないんだ。

と、ベッドから跳起きて文句を云ひに行つたら、細君はどこにもゐなかつた。何だか拍子抜けして、庭の木の枝に吊した牛脂を啄いてゐる四十雀を見てゐたら、近所へ買物に行つた細君

が帰つて来て、

——おや、もう起きたんですか？

と吃驚した顔をした。

朝眼を醒すと、大寺さんは当然のことのやうに銀色の鈴を鳴らしてゐるが、前の細君が死んで暫くの間はそんな訳にも行かなかつた。大寺さんの前の細君は六、七年前に突然死んだのである。或る晩突然喀血して、その血が気管に詰つて死んだ。六、七年の歳月を辿つてみると、何となく一区切附いたやうな気もするが、その当座は大寺さんは途方に暮れた。何が起つたのかよく判らなかつた。

——何だか変だな……。

と大寺さんは友人の一人に云つたのを憶えてゐる。

——うちの奴の誕生日は七月二十八日なんだが、死んだのは四月二十八日、結婚したのが三月二十八日、何だか変な気がするよ。

——ふうん、しかし、それは偶然だらう。

——そりやさうだが……。

大寺さんも、それは単なる偶然に過ぎないと知つてゐる。日頃はそんな考へ方を嫌つてゐる。しかし、突然細君が死んで気持が参つてゐたのだと思ふ。そんなことが気になつたりする。

細君が急に死んだから、大寺さんは家のなかのことがさつぱり判らない。事務引継も何も無いから、大いに閉口した。ちやうど庭の紫木蓮の花が咲いてゐる頃で、訪ねて来た客が話の合間に庭に眼をやつて、

——木蓮が咲きましたね……。

と云ふのに、

——ええ、弱りました……。

と、頓珍漢な返事をしたりした。

——でも、お嬢さんが大きくて良かつたですね。これで小さな子供さんでもゐると、たいへんだ……。

それはその通りだと大寺さんは思つた。その頃、大寺さんの二人の娘は、上が大学生で下は高校生であつた。大寺さんには母親を失つた子供が気掛りであつたが、二人共逆に大寺さんを励ますやうなことを云つたから、大寺さんも助かつた。これが小さな子供だと、大寺さんは益途方に暮れる他は無い。

その頃大寺さんは、差当つて誰か婆やみたいな人でも頼みたいと思つてゐた。ところが、大寺さんの話を聞いた人は、何れも首をひねつて、

——さあ、どうかな……？　出来たら三人でやつて行つた方がいいんぢやないかな。

と云ふのである。さう云はれるとそんなものかなと思ふが、その辺の所が大寺さんにもどう

もよく判らない。

或る会合があつて、賑かな会場の一隅に大寺さんがウヰスキイの水割のグラスを持つて立つてゐたら、知人がやつて来て、

——どう、その后は？

と云つた。

——ええ、まあ何とかやつてゐます。

前の細君が死んで、二、三ケ月経つてゐたかもしれない。

——それぢや、まあ、一安心だね……。

——さあ、どんなもんかな……。

立話をしてゐて、大寺さんはその知人が以前細君を亡くしてゐるのを想ひ出した。そのとき知人はどうしたのかしらん？　と思つて訊いてみると、その知人も婆やを頼んだのださうである。

——ところが、これが大失敗でね……。

その婆さんと云ふのが良くない女で、知らぬ間に家の品物を少しづつ運び出して、気が附いたときにはどこかに消えてしまつてゐたと云ふから、聴いてゐた大寺さんは吃驚した。何でもその婆さんに息子がゐて、息子に小遣をやるためにそんなことをしたらしい。

——何しろ、此方は朝から晩迄見張つてる訳ぢやないし、それに家のなかの品物だつて毎日改めて見る訳ぢやないから、ちよつとやそつと失くなつてゐたつて判らない。寒くなつたから

冬服を出さうと思つて、見ると冬服が無い。外套も無い。ははん、と思つたときは既に手遅れで、どこかに雲隠れしちやつてゐるんでね……。どうも、ひどい目に遭ひました。

――ふうん、そんなのがゐるのかな……。

――ゐますよ。気を附けなくちや不可ない。

それを聞いて、大寺さんは手伝の人を頼むことは断念した。無論、そんな婆さんばかりとは思はないが、そんな話を耳にしてもまだ積極的に頼まうと云ふほどの気持は無いのである。

会のあつた翌日、大寺さんは二人の娘にその話をして、

――何とかやれさうか？

と訊いてみた。手伝の人がゐた方がいいが、別にゐなくても差支へは無い、料理を作るのはやつてみると案外面白い、と上の娘の春子が云ふ。買物ぐらゐ出来るわよ、と下の娘の秋子が云ふ。

――ぢや、当分様子を見よう……。

大寺さんはさう云つた。

大寺さんの予想に反して、二人の娘は何とか上手くやつた。やつて呉れなければ、大寺さんもたいへん困るから、吻とした。大寺さんは娘がしよぼしよぼしてゐるのは面白くない。しよぼしよぼ、淋しさうな恰好で食事の用意をされたら遣切れないと思ふ。或は、それが義務のやうにやられたら敵はないと思ふ。遊び半分みたいに片附けて呉れたらいいと思つてゐるのであ

る。その点、二人の娘は暢気な方だから、大体大寺さんの希望通りにやつたと云つていい。

或るとき、大寺さんは友人と酒を飲みながらこんなことを云つた。

——世のなかが便利になつたんで、助かるよ。

——妙なことを云ふぢやないか……。

友人は訝しさうな顔をした。日頃、世のなかが矢鱈に便利になつて面白くない、と云つてゐた大寺さんの言葉らしくもない。

——いや、電気製品が揃つてゐるんで、此方の気持も大分楽になる……。

——一体、何の話だね?

大寺さんは細君が死ぬ迄、台所や湯殿にある電気製品には一向に無頓着であつた。さう云ふ器具は細君の領分に属するものだから、大寺さんには縁の無いものと心得てゐた。しかし、細君がゐなくなつて娘が家の仕事をやるやうになつたら、些か事情が違つて来る。ボタン一つ押すと飯が炊けたり、スヰツチ一つひねると洗濯が出来たりするのを見ると、何となく安心する。娘が洗濯板でごしごしやつてゐたら、大寺さんもちよつと困るのである。

——ああ、さう云ふことか……。

——うん、さう云ふことだ。

しかし、細君が洗濯板でごしごしやつても、大寺さんは困るとは云はないだらう。それがどう云ふことか、その辺の所は大寺さんにもよく判らない。

娘二人の方は何とか上手くやつたが、大寺さんの方はいろいろ面倒なことがあつて閉口した。大寺さんは本を読んだりして夜遅く迄起きてゐるから、朝起きるのも遅い。前の細君のゐたときも、遅く眼を醒すと大声で細君を呼んで、

——いま何時だ？　雨戸を開けて呉れ。

と威張つてゐれば良かつた。ときには幾ら眠つても睡いやうな気がすることがあつて、昼頃起きて朝食兼昼食を摂つてぼんやりしてゐるとまた睡くなる。眠つて眼を醒すと既に日は西に傾いてゐると云ふこともある。大寺さんは或るとき白居易の詩を見てゐて、似たやうな怠者がゐたのを知つて何だか懐しい気がした記憶があるが、そんな場合でも、大寺さんの眠りは誰にも妨げられなかつた。

しかし、細君がゐなくなつたら、眠りたいだけ眠ると云ふ訳には行かなくなつた。娘二人が学校へ出掛けると、家に残るのは大寺さん一人である。好い気持で眠つてゐると、どこかで人の声がする。夢現に人声を聞いてゐる裡に、やつと気が附いて、起きて勝手口の方に出て行くと、

——洗濯屋ですが……。

と小僧が立つてゐる。

——米屋でございますが……。

と米屋が覗いてゐる。

先方の都合もあらうが、大寺さんには大寺さんの都合と云ふものがある。その都度眠つてゐる所を起されては堪らないから、用のあるときは午后から来て貰ふことにした。最初、勝手口に出て行つた大寺さんの顔を見た連中は、大抵——この度はどうも、と挨拶した。電気や瓦斯の集金人も近所で聞いたらしく、そんなことを云つた。例外だつたのは洗濯屋の小僧で、これは何も云はない。何故細君の替りに主人が出て来たのか、と不思議さうに大寺さんの顔を見てゐた。今后のこともあるから、大寺さんは、

——女房は死んだんだ……。

と教へてやつた。大寺さんの呆れたことに、小僧は急に笑ひ出した。それから、もつと呆れたことには、

——嘘ですよ、そんなことありませんよ。

と云ふのである。しかし本当だと判ると、小僧はひどく面喰つた顔をして、狼狽てて中途半端なお辞儀をした。大寺さんはそれから暫くして、矢張り——嘘ですよ、と云ふ男に会つたことがある。これは床屋の親爺だが、当の本人が話してゐるのに、嘘ですよ、と云ふのだから妙なものだと思ふ。

大寺さんが洗濯屋の小僧に、

——だから、これからは午后来て呉れ。朝は睡くて不可ない……。

と云ふと、小僧はまだ納得の行かない顔をして、はい、と云つた。

御用聞の方はそんな調子で片附いたからいいが、片附かないのは電話である。睡い眼をこすりながら出てみると、間違電話だつたりするから大寺さんは腹を立てる。一度、間違電話に立腹してゐたら、直ぐまた電話が掛つて来た。自然の成行として、受話器を取上げても応対が突慳貪になるのは仕方が無い。仏頂面をして聴いてゐたら、大寺さんの先生からの電話で、大寺さんは背中を冷い風が通り抜けたやうな気がした。

それ迄、大寺さんは自分から電話に出たことは殆ど無かつた。無論、他に誰もゐない場合は止むを得ないが、さうでなければいつも細君か娘が出た。電話器の直ぐ傍にゐるときでも、電話が掛つて来ると、

——おい、電話だ。

と細君か娘を呼ぶのである。どう云ふ心算か判らないが、それが習慣になつてゐて、家の者も当然だと思つて怪しまなかつた。

しかし、家に独りでゐることが多くなつたから、電話が掛つて来れば大寺さんが出なければならない。その電話も大寺さんに掛つて来ることは余り無い。大抵、娘に掛つて来る。大寺さんが仕事をしたり午睡をしてゐたりすると、電話が掛つて来る。出てみると若い女の声で娘がゐるかと訊く。若い男の声で、春子さん、いらつしやいますか？　と云ふ。それが度重なると、大寺さんは娘の電話番のやうな気がして面白くないこと夥しい。自然、応対も素気無くなる。

娘が家にゐれば、無論、娘が電話に出るが、それで長話を始めると大寺さんはたいへん機嫌

が悪い。殊に男友達と長話でも始めると、矢鱈に腹を立てた。

——好い加減にしろ。

と文句を云ふ。

——何を笑つてるんだ、頓痴気……。

と怒鳴る。

何故腹が立つのか、大寺さんにもよく判らないやうである。或るとき、上の娘が長話を始めて一向に止めない。隣の部屋で寝転んで夕刊を見てゐた大寺さんは、突然起き上ると電話の所に行つて娘の頭を、こつん、とやつた。

——ああ、痛い……。

大きな声を出したから、先方にも聞えたに違ひない。娘は相手に、いま父にこつんとやられたのよ、とか話してげらげら笑つてゐるから大寺さんは面白くない。娘を睨んで立つてゐたら、御心配無く、と娘が云つた。

或るとき、娘の春子が大寺さんに、大寺さんの電話の応対がひどく無愛想だとみんなが云つてゐると云つた。

——みんなつて誰だ？

——学校のお友達よ……。

——みんなに、用も無いのに矢鱈に電話を掛けるなつて云つとけ。

——それでも、いい声だつて云ふ人もゐますよ。

——そんな話は聞きたくない。

——お友達で、うちにお嫁に来たいつて云つてる人が三人もゐるのよ。電話ぢや無愛想だけれど、本当はやさしいんぢやない？　なんて云つてるの。あたし、何だか可笑しくなつちやつた……。

——あら、面白いわね……。

と、秋子が云つた。

大寺さんは仏頂面をして黙つてゐたが、内心は呆気に取られてゐた。冗談にもせよ、友達の父親の所に嫁に行きたいとは、近頃の娘共は妙な話をするものだと思ふ。しかし、大寺さんには、春子が友人とそんな話をして面白がつてゐるのが意外であつた。大寺さんはまだ再婚を考へる心境になつてゐないが、娘の方ではそれが気になつてゐるのかもしれない。さう思つて、大寺さんは呆気に取られたのである。

大寺さんが親しい友人二人と酒場にゐたとき、再婚が話題になつたことがある。話題になつたと云ふより、二人の友人が大寺さんを酒の肴にしたと云つた方がいい。

——どうも、考へてみると羨しい境遇と云ふ他無いね……。

——何だか、あやかりたい気がするね。

二人の細君が聞いたら一波乱ありさうなことを云つて、好い機嫌になつてゐる。その裡に話が進展して行つて、どうしてそんなことになつたのか判らないが、二人の友人は勝手に審査委員会なるものを作り上げてしまつた。大寺さんが気に入つた女性を見附けて再婚したいと思つた場合は、この委員会で審査して、そこを通過したら結婚してもいいと云ふのである。

——ふうん、さうかい……。

大寺さんはそんな委員会は相手にしない。しかし、酒を飲んで御機嫌の二人の友人は、二人の他にもう一人、大寺さんの親しくしてゐる学校の先輩と、大寺さんの娘二人を加へて五人委員会にしようとか云つてゐる。

——当然、君の娘さん達の意見を一番尊重するよ。しかし、何しろまだ若いから人間を見る眼が無い。だから、われわれ三人がゐて審査に手抜かりが無いやうに万全の措置を講ずる訳だ……。

——勝手なこと云ふな。

大寺さんは、五人委員会の権威など一向に認めなかつた。しかし、こんな話があつてから、大寺さんはこれ迄と少し違つた角度で女性を見るやうになつた。それ迄別に気にも留めなかつた女性を、あれはどうかしらん、審査委員会を通過するだらうか？　なんて莫迦なことを考へながら見ることがある。

二人の娘は、大寺さんが面白半分に委員会の話をしても余り関心を示さなかつた。大寺さんがいいと思ふ女性がゐたら、結婚したらいいと云ふ。それはそれでさつぱりしてゐて悪くないと思ふが、同時に何となく物足りないやうな気がしないでもない。何故物足りない気がするのか、その辺の所は大寺さんにも判らない。

或る晩、大寺さんが学校の大先輩の先生と酒を飲んでゐたら、その先生が大寺さんに云つた。

——どうですか、そろそろ再婚の話があるんぢやないですか？

——いいえ、一向に……。

——僕が前の家内に死なれたのは、もう二十年以上前だが、僕の一生で一番品行方正だつたのはその頃でしたね……。

——はあ……？

——女房がゐるときは浮気が出来ます。浮気しても何でもない。うちには家内がゐるから女の方も心得てゐます。後腐れが無い。

——成程……。

——しかし家内が死ぬと、うちは空つぽです。女の方もあはよくばそこを占領しようとする。気を附けなくちや不可ない。

大寺さんは思はず笑つた。大寺さんはそんなことを考へたことは一度も無い。

——笑ひごとぢやありませんよ、と当の先生も笑ひながら云つた。これは野球用語で云ふとホオム・スチイルです。ホオム・スチイルを狙ふ女がゐることを忘れちや不可ません。僕は兎も角、いまの家内を貰ふ迄は品行方正でした。

——僕も品行方正ですよ。

——さあ、どうかな？　危いもんだな。ところで食事なんかどうしてゐますか？

——子供達がやつてゐます。面白がつて御馳走を作るんで、矢鱈に金が掛ります。

——成程、その裡に一度御馳走になりに行くかな……。

——どうぞ。


大寺さんの家の狭い庭にはいろんな木が雑然と植ゑてあつて、春になると花が咲く。狭い庭に沈丁花の香が流れると、やがて木瓜《ぼけ》が緋色の花を附ける。続いて紅と白の椿が咲く。山躑躅が淡紫の花を開く。海棠《かいどう》が咲いて枝垂桃が咲く。それから木蓮が開く。その頃になると、大寺さんはテラスに坐つて、ぼんやり花を眺めて好い気分になる。海棠もいいが、桃の花も悪くない。桃の花を見てゐると、その林が数百歩も続いて花片を散らしてゐると云ふ桃源を想像する。大寺さんは怠者だから、その花の散つて来る下で午睡したら嘸好い気持だらうと考へるのである。

或る日、テラスで花を見てゐると、下の娘の秋子が洗濯物を干しに出て、

——父上にはお花見でございますか？

と澄して云つた。それから洗濯物を干し終ると、

——紅茶でも召上りますか？

と訊いた。娘の持つて来た紅茶を飲みながら、大寺さんは妙なことに気附いてゐる。娘二人揃つて家にゐるときと違つて、どちらか一方が家にゐない場合は、春子も秋子も何だか神妙で妙に父親に気を使ふ。普段だと命令しなければやらないやうなことも、云はれない裡にさつさと片附けてしまふ。殊に一方が山とか海に行つて何日か留守にするときほど、この傾向が強い。これはどう云ふことなのだらう？　と大寺さんは不思議に思ふ。

その頃訪ねて来た友人の一人に話したら、

——それがつまり、娘なんだらうな……。

と判つたやうな判らないやうな返事をした。

——どう云ふことだい？

——さあ、どう云ふことかな……。しかし、庭の花を見るのもいいが、家のなかには一向に花の咲く気配が無いやうだね。

——その裡に咲くさ。

——早く咲かせて貰ひたいね。審査委員としても手持無沙汰で困る。しかし、話はいろいろあるんだらう？

——うん、無いことも無いが……。

事実、それ迄に大寺さんの所に何人かの人が話を持つて来たが、大寺さんは余り気が進まない。気に入つた女性がゐないと云ふより、新しい細君を貰つたものかどうか、その辺の気持が片附かない。この友人のやうに、早く貰へと催促する連中もゐるが、或る先輩は、折角独身になれたのだから二度と結婚なんかするものではないと云つた。大寺さんのなかでも、さう云ふ気持が相半ばしてゐる。それが次第に細君を貰つてもいい方に傾き掛けてゐるやうである。

友人は茶を持つて来た秋子を摑まへて、

——早くお父さんにお嫁さんを貰つてやりなさい。

と云つてゐる。秋子の方も心得て、せいぜいそのやうに心掛けます、と笑つて云ふ。その頃、上の娘の春子は学校を出て、秋子は大学生になつてゐたやうに大寺さんは思ふ。秋子が引込むと友人は大寺さんの顔を見た。

——しかし、何だな、君一人がいいと云つても、娘さんと上手く行かないやうな女でも困るな……。

——うん。

大寺さんもそれが気になつてゐる。狭い家のなかで女同士が反目したら、とても遣切れない。何となく変なもやもやした空気があつたら、余計遣切れない気がする。友人は、だから審査委員会の存在価値があるのだ、と偉さうなことを云つて帰つて行つた。

追掛けるやうに、大寺さんはその友人宛に端書を出した。家に佳人無く花を愛づ、また風流ならずや、と書いて送つたら友人から直ぐ返事が来た。見ると、負惜みは止せ、とあるから大寺さんは、おやおや、と思つた。

その年の夏、大寺さんは娘二人と信州に行つた。夏の休になると、大寺さんは毎年旅行した。しかし、細君が死んでからは、旅行に出なかつた。娘二人を残して家を空けるのが、心配だつたからである。

——大丈夫よ。あたし達だけでお留守番ぐらゐ出来ますから……。

娘二人はさう云ふが、大寺さんは不安な気がする。娘達は交替でそれぞれ山や海に出掛けるから、大寺さんはいつも留守番と云ふことになる。留守番ばかりで面白くない、と不服らしい顔をしてゐるが、口で云ふほど気にはしてゐないのである。

大寺さんの齢下の友人がゐて、信州の追分に小さな家を建てた。或る日訪ねて来て、お嬢さんと一緒に是非遊びに来て下さいと云ふ。娘に訊くと行くと云ふから、話は簡単に決つてしまつた。この友人は四十になるが未だに独身だから、余り気兼が要らない。どう云ふ心算か、自ら天狗と称してゐる。天狗の栖はどんな所かと思つて訊いてみると、

——ちやんと二部屋あつて、台所も便所もあります。

と云つた。

大寺さんは友人に云はれる迄、娘を連れて旅行することなど、全然考へなかつた。大体、どこかへ連れて行つてやつたと云ふことが無い。昔、春子がまだ三つか四つの頃、親戚の者の病気見舞に連れて行つたことがあるが、これは連れて行つてやつたなかには入らないだらう。そ

の帰り、往来で知合の酒場のお上に掴まつてその酒場に寄つた。店は開けたばかりで他に客は誰もゐない。

――ちよつと待つててね……。

お上は近所の店でケエキを買つて来た。そのケエキを、春子は高い椅子の上にちよこんと尻を載せて、黙つて食つた。何だか腑に落ちない、不思議さうな顔をしてゐたやうである。大寺さんはビイルを一本飲んで、他の客の来ない裡に帰つて来た。考へてみると、そんな記憶しか無い。

行くことに決つたが何となく愚図愚図してゐると、追分の天狗から受入態勢は整つてゐるのに何故早く来ないかと催促して来て、もう夏も盛りを過ぎた頃、大寺さんは娘二人と出掛けて行つた。大寺さんはそれ迄何遍も追分に行つてゐるが、娘二人は初めてである。行つてみると、友人の住居は追分の外れにあつた。

好く晴れた日で、赤蜻蛉が沢山飛んでゐる。

――赤蜻蛉が多いわね……。

――ほんと……。

娘が感心してゐたら、ええ、沢山ゐるでせう、でもこれはまだ尠い方です、と出迎えた友人が云つた。秋の匂のする風が吹いて、その風のなかを街道から少し上つたら天狗の栖があつた。成程、話の通り四畳半二間の家で、傍に大きな森がある。

――大きな森だね……。

——ええ、あのなかが墓地になつてゐましてね……。

と天狗がことも無げに云つたら、娘二人は顔を見合せて、何となくしいんとしたやうである。その家に大寺さんと娘は三日ばかりゐた。一緒に出掛けたとは云ふものの、娘二人は毎日朝から軽井沢の友達の所にテニスをやりに行く。大寺さんは友人と将棋を指したり、知人の所を廻つたり、浅間を見ながら散歩したりして過すのである。

森の外れの小径を歩くと、古ぼけた墓石が並んでゐるなかに、真新しい卒塔婆が立つてゐるのが見える。二日目か三日目に、大寺さんがその小径に出て見ると、手桶を持つたり花を持つたりして、土地の男女が十数人、その新しい卒塔婆の立つ墓の方へ行くのが見えた。

——誰が死んだのかしらん？

暫くぶらぶら歩いて振返つたら、墓地を包む大きな樹立の梢が大きく揺れてゐるのが不思議であつた。

友人の所にゐる間は、娘二人が炊事をやつた。二日目の夕方、娘達がテニスから帰るのが遅くなつて、夕食の仕度が面倒だから外で食事することにした。国道沿に高級なドライヴ・インがあります、と友人が云つてそこへ出掛けて行つた。二十分ほど歩いてその店に行つたら、もう暗くなつてゐる。大きな建物で、なかに這入ると裏の芝生が電燈の光を受けて鮮かに見えるから、芝生の席に坐つた。他にも何組か坐つてゐる。

大寺さんは友人とビイルを飲む。娘二人は何か冷い飲物をとつて、注文した料理の来るのを待つてゐた。ところが料理がなかなか来ない。

——どうも遅いね……。

大寺さんは焦れつたくなるが、友人は、なに直ぐ来ますよ、と澄してゐる。これが酒場なら何でもないが、傍に娘二人が空腹らしい顔をしてゐるので、料理が気になつたのかもしれない。

——何しろ高級な店ださうですから……。

友人はそんなことを云ふが、大寺さんには高級だから遅いと云ふ理由は判らない。大きな白い月が登つて、芝生の椅子に坐つてゐると寒いくらゐになつた。

——あたし、訊いて来るわ……。

と、秋子が立つて行つた。間も無く秋子と一緒に店の給仕がやつて来て、申訳ありませんと謝る。何かと思つたら、注文を受けたのを忘れてゐたと云ふのである。

大寺さんは毎朝鈴を振つて澄してゐて、もう長いこと鳴らしてゐるやうな気がしてゐるが、実際はまだ三、四年にしかならない。娘と旅行した年の暮に、大寺さんは二度目の細君を貰つたのである。細君のゐなかつた三年ばかりの間に何があつたのか、想ひ出しても何も無かつたやうに思ふ。しかし、記憶のなかで、ときどき寒い風が吹いてゐたやうな気がすることがある。学校に出て、偶に酒を飲まないで夕方帰宅することがあつた。娘達が帰つてゐればいいが、まだ帰つてゐないときは、大寺さんは自分で玄関の鍵を開けて家に這入る。それが冬だつたりすると、家のなかは暗く寒くてしいんと静まり返つてゐる。

――何だ、まだ帰つてゐないのか……。

大寺さんは判つてゐながら、声に出して娘に文句を云ふ。矢鱈にあちこち電気を点けて廻つて、大寺さんは何とも佗しい気がしてならなかつた。

――暗くて不可ない……。

とか独言を云つて、独言を云つたのに気が附いて、余計面白くない気分になるのである。
大寺さんは何遍か見合をした。尤もその一度はちよつと変つてゐて、果して見合をしたと云つていいかどうか判らない。或る日、大寺さんの先生から連絡があつて、芝居を観ようと云ふ。そのときに会はせたい女性があると云ふ話を聞いて、大寺さんは、ははあ、と思つた。しかし、芝居と云ふのがミユウジカルと云ふ奴で、先生とは余り縁の無ささうなものだから些か不思議である。
その日、先生と一緒に車で劇場へ行く途中、話を聞いて大寺さんは吃驚した。相手の女性はその舞台に出る女優で、舞台と客席で見合をすると云ふのである。大寺さんはそんな話はそれ迄聞いたことも無いから、何だか固唾を嚥む思ひがする。

――どの程度の女優か、実は僕も知らないんだ。

と、先生は云つた。
劇場に着いたら話が通じてあるのか係の人がプログラムを呉れて、二人は前の方の席に案内された。先生はプログラムを開いて見て、この人だ、と名前を指した。その人の写真は出てゐないから、顔は判らない。プログラムを見ると、あちこちにちよいちよい顔を出すことになつてゐる。六、七人で出る場面もあるし、その他大勢で出る場面もある。

——君、眠つちや不可んよ。

と、先生が大寺さんに注意したのは、大寺さんが酔つて眠る癖があるからだらう。しかし、大寺さんはその晩、ぱつちり眼を開いてゐた筈だが、何を観たのかさつぱり憶えてゐない。幕の上つたのは憶えてゐるが、后は何のことか判らない。筋を追つてゐると、肝腎の女優さんが判らないから、女優さんに気を附けてゐると、何の芝居だか見当が附かない。

のみならず肝腎の女優がどの人なのか、判らないから弱つた。何だか此方を見て嫣然《にっこり》と笑つてゐる女がゐるから、あれかしらん？　とプログラムを見ると、その場には名前が無いから気の迷ひだつたのかもしれない。多分これだらうと思つて観てゐると、次に出る筈の場面にそれらしい人はゐない。似たやうな女性が並んで出て来て、歌つたり踊つたりするから、大寺さんは眼がちらちらする。

——君、どれだか判るかね？

——いいえ、さつぱり判りません。

——ふうん、僕にも判らない。

先生は何やら持て余してゐるやうであつた。大寺さんは女優を探すのは断念して、芝居を観ることにしようと思つたら、間も無く芝居は終つてしまつた。その后で酒を飲んでゐたら、先生が大寺さんに訊いた。

——君、何か感想は無いかね？

——何しろ、相手が判らないんで……。

——そりやさうだ。どうも、不味かつたかな……。

と先生が云つた。

それから間も無く、世話する人があつて、大寺さんは細君を貰つた。娘二人が乗気になつて、それで何となく決つたやうな所がある。話が決つた后で、大寺さんはその女性と一度フランスの画家の展覧会を観に行つた。それから、何軒か酒場を廻つた。相手は酒を飲まないから、大寺さんは独りで酒を飲んで、何の話をしたか憶えてゐない。灰皿だけは毎朝綺麗に掃除して置いて呉れ、と云つたかもしれない。
五、六軒廻つて、荻窪の知人の画家のやつてゐる喫茶店に行つた。茲迄来ると終点に辿り着いた感じで、大寺さんはやれやれと思ふのである。ウヰスキイの水割を貰つて飲んでゐる裡に、大寺さんは眠つてしまつたやうである。起されたのか自然に眼が醒めたのか判らないが、気が附いたら店の主人が大声で笑つた。カウンタアのなかで、主人の奥さんも笑つてゐる。
——何ですか？

——いや、今晩は大寺さんも眠らないだらうつて家内と話してゐたんですがね……。

——どうも……。

大寺さんは苦笑する他無い。

——心配なさつてゐましたよ。

見ると、細君になる筈の女性が困つたやうな顔をして笑つた。何を心配したのかしらん？と思つたら店の主人に、これからまだ行く店が何軒もあるんでせうか？　と心細い声で訊いたのださうである。

……その翌年の春、大寺さんは細君と一緒に上の娘の結婚式に出た。ぼんやり花嫁姿の娘を見てゐると、いつの間にか時間の歯車が逆に廻転し始めて、春子がだんだん小さくなつて行つたかと思ふと、その上に母親の顔が重なつて見えた。

——……。

何か云つた気がして大寺さんは吃驚したが、それは声にはならなかつた。何と云ふ心算だつたのだらう？　大寺さんはそれに拘泥した。

片附ける仕事があつて、夏の終る頃大寺さんは東北の山のなかに行つた。谷間の宿に泊つて、二階の窓から昏れて行く山を見てゐると、どこかで梟や夜鷹が啼いた。川から涼しい風が吹いて来て、谷間の家に点点と灯が点るのを見てゐると、遠く忘れたものが甦るやうである。川には吊橋が架つてゐて、男の子が二人甲高い声で話しながら渡つて行く後から、仔犬が小走りに随いて行く。

夕食に酒を飲んだら睡くなつて、床をとつて貰つて、大寺さんはどのくらゐ眠つたか判らない。気が附くと、矢鱈にうるさい音がする。

——何だらう？

と思つて、手を伸して銀色の鈴を取らうとしたのは、朝だと思つたからである。はつきり眼が醒めたら、窓の外のトタン屋根に雨が激しい音を立ててゐて、外は真暗であつた。大寺さんが時計を見ると、二時か三時頃かと思つたのにまだ十一時を過ぎたばかりである。

仕事をする気にはならないから、大寺さんは持参のウヰスキイを取出して水で割つて飲むことにした。ウヰスキイを飲みながら激しい雨の音を聴いてゐると、そのなかからいろんな声が聞えて来るから不思議であつた。それに混つて、或る旋律を繰返し演奏してゐるのも聞えた。突然、雨の音が歇むと嘘のやうに静かになつて、それと同時に声も旋律も消えてしまふ。

——どうだらう？

——うん、もう一杯飲まう。

大寺さんは自問自答して、空になつたコツプに三分の一ほどウヰスキイを注いで、その上に水を充した。それを飲んでゐると、再び雨が来てトタン屋根に激しい音を立てる。大寺さんはさうやつて、暫く遠い声と旋律に耳を傾けてゐた。

〔1971（昭和46）年2月「群像」初出〕

P+D BOOKS ラインアップ

P+D BOOKS ラインアップ

緑色のバス	小沼 丹	●	日常を愉しむ短篇の名手が描く珠玉の11篇
虚構のクレーン	井上光晴	●	戦争が生んだ矛盾や理不尽をあぶり出した名作
浮草	川崎長太郎	●	私小説作家自身の若き日の愛憎劇を描く
塵の中	和田芳恵	●	女の業を描いた4つの話。直木賞受賞作品集
鉄塔家族（上下）	佐伯一麦	●	それぞれの家族が抱える喜びと哀しみの物語
散るを別れと	野口冨士男	●	伝記と小説の融合を試みた意欲作3篇収録

P+D BOOKS ラインアップ

龍陵会戦　古山高麗雄　●勇兵団の生き残りに絶望的な戦闘を取材

フーコン戦記　古山高麗雄　●旧ビルマでの戦いから生還した男の怒り

地下室の女神　武田泰淳　●バリエーションに富んだ9作品を収録

裏声で歌へ君が代（上下）　丸谷才一　●国旗や国歌について縦横無尽に語る渾身の長編

手記・空色のアルバム　太田治子　●〝斜陽の子〟と呼ばれた著者の青春の記録

銀色の鈴　小沼丹　●人気の大寺さんもの2篇を含む秀作短篇集

（お断り）

本書は２００４年に未知谷より発刊された『小沼丹全集』第二巻を底本としております。あきらかに間違いと思われるものについては訂正いたしましたが、基本的には底本にしたがっております。また、一部の固有名詞や難読漢字には編集部で振り仮名を振っています。

本文中には女中、坊主、気狂、百姓、床屋、農夫、小使、部落、混血児、つんぼ、男のくせに、外人、聾、女優などの言葉や人種・身分・職業・身体等に関する表現で、現在からみれば、不当、不適切と思われる箇所がありますが、著者に差別的意図のないこと、時代背景と作品価値とを鑑み、著者が故人でもあるため、原文のままにしております。差別や侮蔑の助長、温存を意図するものでないことをご理解ください。

小沼 丹（おぬま たん）

1918（大正７）年９月９日―1996（平成８）年11月８日、享年78。東京都出身。本名・小沼救（はじめ）。1969年『懐中時計』で第21回読売文学賞を受賞。代表作に、『椋鳥日記』『清水町先生―井伏鱒二氏のこと』など。

P+D BOOKS とは

P+D BOOKS（ピー プラス ディー ブックス）とは
P+Dとはペーパーバックとデジタルの略称です。
後世に受け継がれるべき名作でありながら、現在入手困難となっている作品を、
B6判ペーパーバック書籍と電子書籍を、同時かつ同価格で発売・発信する、
小学館のまったく新しいスタイルのブックレーベルです。
ラインナップ等の詳細はwebサイトをご覧ください。

https://pdbooks.jp/

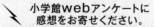

銀色の鈴

2024年10月15日　　初版第1刷発行

著者　小沼 丹
発行人　五十嵐佳世
発行所　株式会社　小学館
〒101-8001
東京都千代田区一ツ橋2-3-1
電話　編集　03-3230-9355
　　　販売　03-5281-3555
印刷所　大日本印刷株式会社
製本所　大日本印刷株式会社
装丁　おおうちおさむ　山田彩純
（ナノナノグラフィックス）

ISBN978-4-09-352497-1

P+D BOOKS